Jane Bowles

Einfache Freuden

Jane Bowles

Einfache Freuden

Erzählungen

Aus dem Amerikanischen von Adelheid Dormagen

Verlag Klaus Wagenbach Berlin

Die Originalausgabe erschien unter dem Titel *Plain Pleasures*
bei Peter Owen Limited, London o.J.

Die Titelerzählung »*Einfache Freuden*« (Plain Pleasures)
erschien zuerst im Februar 1946 in ›Harper's Bazaar‹,
»*Camp Cataract*« im September 1949 in ›Harper's Bazaar‹ und
»*Ein grüner Lutscher*« (A Stick of Green Candy)
am 15. Februar 1957 in ›Vogue‹

Wagenbachs Taschenbuch 431

Verlag Klaus Wagenbach, Emser Straße 40/41, 10719 Berlin.
Umschlaggestaltung: Groothuis & Consorten
unter Verwendung eines Photos von Herbert List.
Das Karnickel auf Seite 1 zeichnete Horst Rudolph.
Gedruckt und gebunden von Pustet, Regensburg. Printed in Germany.

ISBN 3 8031 2431- x

Inhalt

Einfache Freuden

Alva Perry war eine würdevolle und zurückhaltende Frau schottisch-spanischer Herkunft. Sie war Anfang Vierzig und sah immer noch gut aus, auch wenn sie im Gesicht etwas hager war. Besonders ihre Augen waren ungewöhnlich schön und klar. Sie wohnte im Haus ihres Onkels, das in Appartements aufgeteilt worden war oder, wie es in der Gegend noch hieß: in Mietwohnungen. Das Haus stand am Hang eines steilen, bewaldeten Hügels, von dem aus man die Hauptverkehrsstraße überblicken konnte. Eine lange Treppe aus Zement führte auf die halbe Höhe hinauf und endete in einiger Entfernung unterhalb des Hauses. Ursprünglich hatte sie zu einem Elektrizitätswerk gehört, das aber inzwischen zerstört war. Mrs. Perry lebte seit dem Tod ihres Mannes vor elf Jahren allein in dem Appartement, doch hatte sie den ganzen Tag über immer irgend etwas zu tun und war darum als Alleinstehende nicht weniger geschäftig als eine Frau im Dienste der Familie.

John Drake, ein ebenso zurückhaltender Mensch wie sie, bewohnte das Appartement unter ihr. Er besaß einen Lastwagen und übernahm Aufträge von Holzfirmen und das Abholen und Zustellen von Milchkannen für eine Molkerei.

Mr. Drake und Mrs. Perry hatten in all den Jahren, die sie in diesem Haus am Hügel lebten, nie mehr als ein paar einfache Begrüßungsworte gewechselt.

Eines Abends stand Mr. Drake im Hauseingang und hörte Mrs. Perrys schwere Schritte, die er mittlerweile instinktiv erkannte. Er schaute nach oben und sah Mrs. Perry herunterkommen. Sie trug einen braunen Mantel, der ihrem verstorbenen Mann gehört hatte, und drückte eine große Tüte an ihren Busen. Mr. Drake bot an, ihr beim Tragen behilflich zu sein, worauf sie unschlüssig auf dem Treppenabsatz stehenblieb.

»Das sind nur Kartoffeln«, sagte sie, »aber vielen Dank. Ich will sie hinten im Hof backen. Das habe ich schon seit langem vor.«

Mr. Drake nahm ihr die Kartoffeln ab und ging steifbeinig zur Hintertür hinaus und ein Stückchen den Hang hinunter bis zu einem kleinen eingeebneten Platz auf der Rückseite des Hauses, der als Hof diente. Hier stellte er die Tüte auf die Erde. Nicht weit von der Hinterveranda entfernt qualmte ein großer neuer Müllverbrennungsofen, und in der Hofmitte hatte Mrs. Perrys Onkel einen überdachten Schweinestall gebaut, der mit leuchtenden Kunststoffziegeln verblendet war.

Mrs. Perry folgte Mr. Drake, sie bedankte sich bei ihm und begann, Zweige aufzusammeln, wobei sie flink zwischen dem angrenzenden Wäldchen und dem Schweinestall hin und her lief, in dessen Nähe sie das Feuer machen wollte. Ohne Weiteres zu sagen, half ihr Mr. Drake beim Holzsammeln, so daß sie ihn, als das Feuer brannte, selbstverständlich aufforderte, dazubleiben und die Kartoffeln mit ihr zu teilen. Er nahm die Einladung an, und sie setzten sich auf eine umgedrehte Kiste vor das Feuer.

Mr. Drake hielt sein Gesicht dem Feuer ab- und dem Wäldchen zugewandt. Auf diese Weise hoffte er, seine glühendroten Wangen vor Mrs. Perry verbergen zu können. Er war ein sehr schüchterner Mensch, und obwohl seine Hautfarbe schon von Natur aus rot war, wurde er in Anwesenheit einer fremden Frau so dunkelrot, daß einem der

Unterschied sofort ins Auge sprang. Mrs. Perry wunderte sich, warum er ständig nach hinten schaute, aber sie glaubte, ihn nicht gut genug zu kennen, um ihn danach fragen zu können. Sie wartete darauf, daß er etwas sagte, und als ihr schließlich klar wurde, daß sie vergeblich warten würde, zerbrach sie sich den Kopf, was sie selbst sagen könnte.

»Mögen Sie die einfachen, gewöhnlichen Freuden?« fragte sie ihn schließlich ganz ernsthaft.

Mr. Drake fühlte sich sehr erleichtert, daß sie gesprochen hatte, und seine Gesichtsröte verlor sich etwas. »Da müßten Sie mir zuerst eine genauere Vorstellung davon geben, was Sie unter gewöhnlichen Freuden verstehen, danach kann ich Ihnen sagen, was ich davon halte«, antwortete er umständlich, wobei er zwischen einzelnen Wörtern immer wieder Pausen einlegte, denn er war ebenso gewissenhaft wie schüchtern.

Mrs. Perry zögerte. »Einfache Freuden«, begann sie, »– so wie die, die man ohne große Gesellschaft oder Delikatessen hat.« Sie suchte angestrengt nach weiteren Beispielen. »Einfache Freuden, wie dieses Kartoffelrösten hier statt Tanz und Whisky und Musikkapellen... Wie ein Picknick, aber nicht mit tausend Extrasachen, die man hinterher auf den Müll schmeißt, weil sie übriggeblieben sind. Ich habe Erwachsene Kuchen wegwerfen sehen, nur weil sie zu faul waren, ihn wieder einzupacken und mit nach Hause zu nehmen. Haben Sie so was schon erlebt?«

»Nein, ich glaube nicht«, sagte Mr. Drake.

»Die Leute lassen massenhaft Sachen verkommen«, bemerkte sie.

»Also, ich mag einfache Freuden«, warf Mr. Drake ein, der ängstlich darauf bedacht war, daß sie den Gesprächsfaden nicht abreißen ließ.

»Meinen Sie nicht, daß einfache Freuden dem Herzen Gottes näherstehen?« fragte sie.

Es machte ihn ein wenig verlegen, daß sie nach so kurzer Bekanntschaft schon etwas so Bedeutsames und Persönliches zur Sprache brachte, und er konnte sich nicht überwinden, ihr darauf zu antworten. Mrs. Perry, die normalerweise nicht sehr redselig war, merkte, daß ihr die Worte über die Zunge drängten.

»Meine Schwester, Dorothy Alvarez«, begann sie ohne weitere Vorrede, »geht zu allen Festveranstaltungen in der Stadt. Sie hat mich schon oft eingeladen, mitzukommen und mal richtig auf die Pauke zu hauen, aber ich gehe nicht mit. Sie ist die Ausgelassenste der ganzen Bande und lebt von ihrem Mann getrennt. Sie wird zu allen Vergnügungen mitgeschleppt. Wenn sie wollte, könnte sie jeden Abend im Restaurant essen. Sie ist ganz wild auf gebratenen Fisch und all solche Sachen. Mir ist es ziemlich gleich, was ich esse, bis auf gebackene Kartoffeln, so wie die hier jetzt. Jeder hat nur ein einziges Leben, und das ist unser wirkliches Leben, es beginnt an der Wiege und endet im Grab. Ich warne Dorothy jedesmal, wenn ich sie sehe, daß ihr Leben, wenn sie nicht aufpaßt, ganz elend und verhungert am Straßenrand liegen bleibt und sie ohne es ins Grab muß. Je weiter man dem Regenbogen folgt, desto schwerer fällt es einem, zu dem Leben zurückzufinden, das man aufgegeben hat wie einen alten Köter. Manchmal, wenn man älter wird, hat man eine Erleuchtung und würde so furchtbar gern dorthin zurückkehren, wo man sein Leben gelassen hat, aber es gelingt einem nicht, da wieder hinzukommen – nicht oft. Es ist immer besser, auf der Seite des Lebens zu bleiben. Ich hab Dorothy gesagt, daß das Leben kein Baum mit Millionen von verschiedenen Blüten dran ist.« Sie sann einen Augenblick schweigend darüber nach und fuhr dann fort: »Sie hat eine Büchse, in die tut sie Pennies und Nickel, wenn sie meint, sie treibt es zu bunt, und dieses Geld aus der Büchse nimmt sie dann, um in der Kirche Kerzen zu kaufen. Das ist aber auch schon alles, was sie für ihr Seelenheil tut, und das ist für eine erwachsene Frau zu wenig.«

Mr. Drakes Gesicht verriet die Anspannung, mit der er sich bemühte, ihren Worten genau zu folgen, doch war seine Angst, sie könnte ihm ein persönliches Geheimnis ihrer Schwester verraten und es hinterher bereuen, so groß, daß er sich nur darauf konzentrieren konnte. Er war fest entschlossen, ihr Einhalt zu gebieten, wenn sie zu weit ging.

Die Kartoffeln waren gar, und Mrs. Perry bot ihm zwei an.

»Nehmen Sie?« fragte sie ihn. Der Wind war kühler geworden, seit sie sich gesetzt hatten, und blies um den Schweinestall.

»Was sagen Sie zu diesen fürchterlichen kalten Nächten jetzt? Macht Ihnen das was aus?« fragte Mrs. Perry.

»Aber ja doch«, sagte John Drake.

Sie schaute aufmerksam in sein Gesicht. ›Rot wie eine Kirsche‹, dachte sie.

»Ich würde ja vielleicht lieber in einem warmen Klima leben, vielleicht«, sagte Mr. Drake bedächtig und mit träumerischem Blick, »wenn ich was vom ständigen und unnötigen Erst-das-und-dann-das halten würde. So ein ewiges Hin und Her, meine ich.« Er wurde wieder rot, denn er war auf ein Thema gekommen, das ihm naheging.

»Ja, ja«, sagte Mrs. Perry. »Immer wieder was Neues, das bringt nichts.«

»Als ich jünger war, hatte ich die Chance, in den Süden zu gehen, nach Florida«, fuhr er fort. »Ich bekam ein Angebot, bei einer Alligatorfarm mitzumachen, aber das war keine sichere Sache. Es hätte ja schiefgehen können. Es war nicht das Risiko, vor dem ich zurückschreckte, denn ich habe mir immer sehnlichst gewünscht, Palmen, Kokosnüsse und so was zu sehen. Ich war einfach der Meinung, daß ein Mann schon einen sehr guten Grund haben muß, um so herumzuziehen. Ich glaub, das hat mich schließlich davon abgehalten, runter nach Florida zu gehen und Alligatoren zu züchten. Das Geld war's nicht, denn bei uns in der Familie war Geld nicht die Nummer eins. Damals wie heute bin ich der Auffassung, daß ein Mann, der sein Zuhause verläßt, einen wirklich sehr guten Grund haben muß – wie die Burschen, die losgezogen sind und den Panama-Kanal gebaut haben oder sonst was Vernünftiges. Sonst, finde ich, sollte man lieber in seiner Heimat bleiben, damit niemand irgendwo anders über einen sagen kann: ›Glaubt der etwa, daß er hier was tun kann, was wir nicht auch selber können?‹ Zumindest glaube ich, daß man das dort über jemanden wie mich sagen würde, wenn ich da mit einem zweifelhaften Unternehmen aufkreuzte und das meine einzige Rechtfertigung dafür wäre, daß ich meine Heimat verlassen habe. Mein Bruder denkt da völlig anders. Er bleibt nirgendwo länger als drei Monate.« Er aß seine Kartoffel mit betrübter Miene und schüttelte den Kopf.

Mrs. Perrys Gedanken waren abgeschweift, und sie schreckte richtig zusammen, als er plötzlich aufstand und ihr die Hand hinstreckte.

»Ich muß jetzt gehen«, sagte er, »aber wollen Sie nicht als Dank für die Kartoffeln morgen abend mit mir ins Restaurant essen gehn?«

Mrs. Perry hatte seit vielen Jahren keine solche Einladung mehr erhalten, nachdem sie sich bewußt vom Leben in der Stadt zurückgezogen hatte, und wußte nicht, was sie ihm darauf antworten sollte. »Meinen Sie, ich sollte wirklich?« fragte sie.

Mr. Drake ermunterte sie, und sie nahm seine Einladung an. Am nächsten Nachmittag wartete Mrs. Perry am Fuß des kurzen Zementstegs unterhalb des Hauses auf den Bus. Sie brauchte wegen eines lavendelfarbenen Kleides, das ihr nicht mehr paßte, Rat und Hilfe von ihrer Schwester. Sie selbst hatte nie gut nähen können und wenig Erfahrung mit dem Umändern. Sie wollte dieses Kleid bei ihrer Verabredung mit John Drake im Restaurant anziehen und trug es zusammengefaltet unter dem Arm.

Dorothy Alvarez bewohnte in einer Seitenstraße eine Doppelhaushälfte. Sie saß im Wohnzimmer und unterhielt sich mit einem Mann, als Mrs. Perry läutete. Das Wohnzimmer war tipptopp, doch angesichts der vielen grellfarbenen und verschlungenen Muster in den Vorhängen und Möbelbezügen wenig einladend; am beunruhigendsten aber war ein bombastisches orange-schwarzes Blumentopf-Dessin, das sich ein Dutzend Mal auf dem Linoleumboden wiederholte.

Dorothy zog den Vorhang beiseite und spähte hinaus, um zu sehen, wer bei ihr schellte. Sie war eine kleine Person mit Kraushaar und ungleichmäßig dicken Wangen, die sie hellrosa geschminkt hatte.

Sie war höchst erstaunt, als sie beim Hinausschauen ihre Schwester entdeckte, die sie erst für nächste Woche erwartet hatte.

»Oh!« rief Dorothy aus.

»Wer ist da?« fragte ihr Gast.

»Meine Schwester. Besser, du verschwindest jetzt hier, sie muß was ganz Wichtiges haben, das sie mit mir bereden will. Am besten, du gehst durch die Hintertür raus. Sie hat's nicht gern, wildfremden Leuten in die Arme zu laufen.«

Der Mann war verärgert und ging, ohne sich von Dorothy zu verabschieden. Sie rannte zur Tür und ließ Mrs. Perry herein.

»Setz dich«, sagte sie und zog sie ins Wohnzimmer. »Setz dich und erzähl mir, was es Neues gibt.« Sie schüttelte aus einer Tüte Bonbons in eine Glasschale.

»Ich möchte gern, daß du mir dieses Kleid umänderst oder mir dabei hilfst«, sagte Mrs. Perry. »Ich brauch es für heute abend. Ich treffe mich mit meinem Nachbarn, Mr. Drake, im Restaurant hier die Straße hinunter. Also hab ich mir gedacht, ich könnte mich bei dir umziehen und von hier aus losgehen. Wenn du's selber machst, würde ich dir auch Geld dafür geben.«

Dorothy machte ein langes Gesicht. »Warum willst du mich dafür bezahlen, wo ich doch deine Schwester bin?«

Mrs. Perry sah sie wortlos an. Sie gab keine Antwort, weil sie es selbst nicht wußte. Dorothy ließ ihre Schwester das Kleid anprobieren und steckte es da und dort mit Nadeln ab. »Ich freu mich, daß du endlich mal ausgehst«, sagte sie. »Willst du nicht die Perlen haben?«

»Wenn du eine Kette entbehren kannst, nehm ich sie.«

»Na, hoffentlich ist das der Richtige für dich«, sagte Dorothy, taktlos wie immer. »Ich würde alles dafür geben, daß du dich mal verliebst, du würdest dann sicher nicht mehr in dem gräßlichen Haus wohnen wollen, sondern irgendwo hier in die Nähe ziehen. Stell dir vor, was sich alles für mich verändern würde... Du würdest auch munterer werden, wenn du einen Mann hättest, den du lieb hast. Nicht wie der letzte... Wahrscheinlich hör ich nie auf, zu träumen und zu hoffen«, fügte sie nervös hinzu, weil ihr, wie immer jedoch etwas zu spät, bewußt wurde, daß ihre Schwester es haßte, diese Dinge zu bereden. »Glaub nicht«, begann sie ohne Überzeugungskraft, »daß ich hier die ganze Zeit so glücklich bin. Natürlich bin ich nicht so ernsthaft und gesetzt wie du...«

»Ich weiß gar nicht, wovon du eigentlich sprichst«, sagte Mrs. Perry und wand sich ungeduldig auf ihrem Platz. »Ich geh doch nur essen.«

»Wenn du mir doch nur ein bißchen näher wärst«, sagte Dorothy weinerlich. »An manchen Abenden werde ich richtig trübsinnig in diesem Wohnzimmer.«

»Nehm ich dir nicht ab, daß du sehr trübsinnig wirst«, bemerkte Mrs. Perry kurz.

»Egal. Aber wenn du schon mal ausgehst, warum bist du dann nicht ein bißchen aufgekratzt?«

»Ich bin aufgekratzt«, antwortete Mrs. Perry.

Mrs. Perry machte die Tür des Restaurants hinter sich zu und durchquerte den ganzen Raum und schaute auf der Suche nach ihrem Begleiter in jede Nische. Offensichtlich war er noch nicht da, deshalb wählte sie eine leere Nische aus und setzte sich auf die Holzbank. Nach fünfzehn Minuten stand für sie fest, daß er nicht mehr kommen würde, und um die Kränkung, die ihr widerfahren war, abzuschütteln, widmete sie ihre ganze Aufmerksamkeit der Speisekarte, so daß es ihr gelang, Mr. Drake aus ihren Gedanken zu verbannen. Während sie die Karte studierte, legte sie ihre Perlenkette ab und steckte sie in die Handtasche. Sie hatte die Kellnerin gerufen und bestellte gerade

Schweinefleisch, als Mr. Drake ankam. Er begrüßte sie mit einem schüchternen Lächeln.

»Ich sehe, Sie bestellen schon«, sagte er und zwängte sich ihr gegenüber in die Nische. Bewundernd schaute er auf ihr lavendelfarbenes Kleid, das ihr weißes Dekolleté freigab. Er hätte es lieber gesehen, wenn sie ohne Kopfbedeckung gewesen wäre, denn er liebte Frauenhaar. Sie trug einen unvorteilhaften schwarzen Filzhut, den sie immer und bei jedem Wetter aufsetzte. Mr. Drake dachte mit größtem Vergnügen an das Kartoffelfeuer zurück, und seine Aufregung, sie wiederzusehen, war größer, als er erwartet hatte.

Leider schien sie nicht die geringste Neigung zu verspüren, sich mit ihm zu unterhalten, und so verstummte er schon nach kürzester Zeit. Während der ersten Hälfte des Essens sprachen sie kein Wort miteinander. Mr. Drake hatte eine Flasche süßen Wein bestellt, und nachdem Mrs. Perry ihr zweites Glas getrunken hatte, brach sie schließlich das Schweigen: »Ich glaube, in Restaurants wird man übers Ohr gehauen.«

Es freute ihn, daß sie überhaupt etwas sagte, auch wenn es nicht gerade freundlich war.

»Aber man will doch unter Leuten sein, und darum zahlt man für kleine Portionen eben ordentliche Preise«, sagte er, sehr zu seiner eigenen Überraschung, denn er hatte sich stets für einen Einzelgänger gehalten und sich auch dementsprechend verhalten.

Er vermutete in Mrs. Perry eine verwandte Seele, und dennoch hatte er das seltsame Bedürfnis, sich mit ihr unter die Leute zu mischen.

»Glauben Sie nicht, daß ich recht habe mit dem, was ich sage?« fragte er zögernd. Auf seinem Gesicht erschien ein merkwürdig verkrampftes Lächeln, und die unnatürlich starre Kopfhaltung verriet, wie angespannt er war.

Mrs. Perry wischte ihren Teller mit einem Stück Brot sauber. Da sie nur alle Jubeljahre Alkohol trank, stieg ihr der Wein rasch zu Kopf.

»Um wieviel Uhr fährt der Bus hier vor dem Lokal ab?« fragte sie mit beträchtlicher Lautstärke.

»Wenn Sie es wirklich wissen wollen, kann ich das feststellen. Gibt es einen Grund, warum Sie es jetzt wissen wollen?«

»Ich muß irgendwann nach Hause, damit ich morgen früh aus dem Bett komme.«

»Selbstverständlich fahre ich Sie mit meinem LKW nach Hause, wann immer Sie wollen, aber ich hoffe, Sie bleiben noch.« Er beugte sich vor und forschte ängstlich in ihrem Gesicht.

»Ich komme schon allein heim«, sagte sie mißmutig, »und ob jetzt oder später, bleibt sich doch gleich.«

»Nein, das stimmt nicht«, widersprach er tief gekränkt, denn ihre ausgesprochen feindselige Haltung war nicht mehr zu übersehen. Er hatte das Gefühl, daß er sie um jeden Preis zurückhalten und ihre Zuneigung gewinnen mußte. Der Wein beflügelte ihn bei dieser plötzlichen Initiative, denn es entsprach im allgemeinen überhaupt nicht seiner Art, sich für etwas, das er haben wollte, anzustrengen. Er fing an, hastig und mit Eindringlichkeit auf sie einzureden.

»Ich möchte mich einen ganzen Abend lang mit Ihnen unterhalten oder sogar eine ganze Woche«, sagte er, wobei er nervös auf seiner Bank hin und her rutschte. »Ich kenne hier weit und breit alle Restaurants und Tanzlokale. Ich kann über meinen LKW verfügen, und niemand kann mich daran hindern, Urlaub zu machen, wenn mir danach zumute ist. Es ist schon lange her, daß ich Urlaub gemacht habe – das letzte Mal in meiner Schulzeit, wo ich jedes Jahr Sommerferien bekam. Ich hab mich nur selten in diesen Gasthäusern aufgehalten, aber die Besitzer kenne ich alle, ich wohne ja schon mein Leben lang hier in der Gegend. Es gibt ein Tanzlokal, das am See liegt. Ich kenne den Besitzer. Wenn wir dorthin fahren, könnten wir uns verdrücken und um den See herumspazieren, wenn Sie Lust drauf haben.« Sein Gesicht war rot wie nie zuvor, und er schien vorübergehend all seine Zurückhaltung und Besonnenheit aufgegeben zu haben, die am Abend davor so typisch für ihn gewesen waren. Etwas in Mrs. Perrys Wesen, das er zunächst nur undeutlich wahrgenommen hatte, hörte er jetzt aus ihrer Gereiztheit deutlich heraus, es klang wie ein dunkler Glockenschlag in ihm nach und stieß ihn gewaltsam zurück in einen Zustand größter Verlorenheit und Hilflosigkeit. Sein Verlangen, ein freundliches Wort von ihr zu hören, wurde von Minute zu Minute größer.

Mrs. Perry saß da und trank ihren Wein immer schneller, und mit jedem neuen Glas wuchs ihr Groll.

»Ich kenne auch alle Tanzlokalbesitzer in der Gegend«, sagte sie. »Die kommen zu meiner Schwester Dorothy Alvarez nach Hause zum Biertrinken, wenn sie sich einen freien Tag machen. Ich brauche niemand Neues kennenzulernen und keine neuen Lokale auszuprobieren. Ich kenn sogar dieses Lokal, in dem wir essen, von ganz früher her. Ich habe hier ein paar Mal mit meinem Mann gegessen.« Sie schaute sich um. »Ich erinnere mich an *ihn*«, sagte sie und zeigte mit ausgestrecktem Arm auf den Besitzer, der gerade aus der Küche gekommen war.

»Wie geht's Ihnen nach so langer Zeit?« rief sie ihm zu.

Mr. Drake war unschlüssig, was er tun sollte. Er hatte nicht bemerkt, daß Mrs. Perry schon so betrunken war, wie es jetzt der Fall zu sein schien. Normalerweise wäre ihm das peinlich gewesen, und er hätte nichts Eiligeres zu tun gehabt, als sie aus dem Lokal zu führen, aber nun dachte er sich, daß sie angetrunken vielleicht zugänglicher war, und allein darauf kam es ihm an. »Ich bleibe hier bei Ihnen, solange Sie wollen«, sagte er.

Mrs. Perry schwirrte der Kopf von seinen Worten. »Worauf sind Sie eigentlich aus?« fragte sie und lehnte sich schwer gegen die Bank.

»Auf nichts Unehrenwertes«, sagte er. »Ganz im Gegenteil, etwas höchst Ehrenwertes, wenn Sie einverstanden sind.« Mr. Drake war so durcheinander, daß er nicht mehr genau wußte, was er sagte, doch Mrs. Perry verstand seine Worte als Heiratsantrag, und genau dies hatte er sich insgeheim auch erhofft. Mrs. Perry betrachtete selbst dieses aufregende Angebot durch eine Wolke von Unmut.

»Vermutlich hätten Sie es gern«, sagte sie mit freudlosem Lächeln, »daß Ihnen eine Dame dreimal täglich die Kartoffeln stampft. Aber ich bin keine Kartoffelbreistampferin, bin es nie gewesen. Mir wär's lieber«, fügte sie mit schriller Stimme hinzu, »daß *er mir* die Kartoffeln in der Küche eines großen Restaurants zerstampft.« Sie nickte zu dem Besitzer hin, der vor der Küchentür stehengeblieben war, um Mrs. Perry zu beobachten. Diesmal grinste er und zwinkerte ihr zu.

Mrs. Perry durchwühlte ihre Handtasche nach einem Taschentuch, und als sie die Perlenkette ihrer Schwester erwischte, zog sie sie heraus und legte sie in die Bratensoße auf ihrem Teller. »Ich bin keine Kartoffelbreistampferin«, wiederholte sie, kletterte dann ohne Vorwarnung aus der Nische heraus und schwankte den Gang zwischen den Tischen entlang. Sie entschwand am Ende des Lokals auf einer dunkelbraunen Treppe nach oben. Beide, Mr. Drake und der Besitzer, nahmen an, daß sie zur Damentoilette ging.

Tatsächlich suchte Mrs. Perry nicht so sehr die Toilette, als überhaupt irgendeinen Ort, wo sie allein sein konnte. Sie ging einen Flur entlang, stieß linker Hand eine Tür auf und schloß sie hinter sich. Eine Minute lang stand sie im Dunkel da; als sie dann eine Kordel über ihre Stirn streifen fühlte, zerrte sie so heftig daran, daß sie beinah die Glühbirne samt Fassung heruntergerissen hätte. Grelles Deckenlicht erhellte den Raum.

Sie stand am Fußende eines Doppelbetts mit einem hohen viktorianischen Kopfbrett. Sie sah sich um und bemerkte unter einem schmalen Fenster einen Stuhl, sie ging zum Fenster, stieß es auf und sicherte es mit einem kleinen Holzriegel; dann setzte sie sich hin.

»Das ist Vollkommenheit«, sagte sie laut und schaute mit starrem Blick in das kleine, häßliche Zimmer. »Ein Geschenk des Himmels, zweifellos.« Sie preßte die Hände so fest zusammen, daß die Knöchel weiß hervortraten. »Wie ich das hier liebe! Wie ich das liebe! Wie ich das liebe!«

Sie hielt mit schwungvoll ausladender Gebärde einen Arm aus dem Fenster hinaus, da sie aber nicht bemerkt hatte, daß es in Strömen goß, war ihr lavendelfarbener Ärmel im Nu durchnäßt.

»Großer Gott!« sagte sie grinsend. »Hier regnet's. Die Leute unten an den Tischen spüren nichts vom Regen, aber ich schon, und das gefällt mir.« Huldvoll lächelte sie in den Regen hinaus. Sie döste vor sich hin und war sich bald ganz sicher, daß sie von ihrem Platz aus in ihr eigenes Zimmer gelangen konnte, ohne überhaupt ins Restaurant zurückkehren zu müssen. »Ich habe mir den Schleichweg mein ganzes Leben lang offengehalten«, murmelte sie mit schwerer Stimme, »damit ich immer zurück kann.«

Einige Augenblicke später sagte sie: »Da sitze ich nun.« Auf ihrem Gesicht zeigte sich ein Ausdruck bösartiger Genugtuung. Sie machte einen müden Versuch, sich aufzurichten. Lange hielt sie diese Vorstellung in Bann, erst nach und nach verblaßte sie und löste sich schließlich ganz auf. Als sie ihren vor Kälte zitternden Arm aus dem Regen zog, rannen ihr die Tränen über die Wangen. Schluchzend kroch sie auf das große Doppelbett, wo sie mit dem Gesicht nach unten und den Hut noch auf dem Kopf einschlief.

Inzwischen war der Restaurantbesitzer leise die Treppe hinaufgegangen, weil er hoffte, sie abzufangen, wenn sie die Toilette verließ. Ihre Aufmerksamkeit hatte ihm geschmeichelt, und er vermutete, daß es angesichts ihrer Trunkenheit ein leichtes sein würde, einen Kuß von ihr zu ergattern und vielleicht sogar mehr. Als er den Lichtschein unter seiner eigenen Schlafzimmertür sah, fuhr er sich mit der Zunge über die Unterlippe und lächelte. Dann ging er auf Zehenspitzen die Treppe hinunter, wobei er sich zurechtlegte, was er Mr. Drake sagen würde.

Das Lokal war inzwischen leer, und als der Besitzer die letzte Treppenstufe erreichte, sah er Mr. Drake den Gang zwischen den Tischen auf und ab gehen.

»Ich mach mir Sorgen wegen meiner Bekannten«, sagte Mr. Drake und eilte ihm entgegen. »Ich habe Angst, sie könnte vielleicht auf der Toilette umgekippt sein.«

»Um die Wahrheit zu sagen«, antwortete der Besitzer, »sie ist in einem unbelegten Schlafzimmer im ersten Stock umgekippt. Aber keine Sorge. Meine Tochter wird sich um sie kümmern, falls sie aufwacht und es ist ihr schlecht. Ich habe ihren Mann gekannt. Sie können jetzt gar nichts für sie tun.« Er steckte die Hände in die Taschen und sah Mr. Drake mit ernstem Blick in die Augen.

Mr. Drake, der sich einer derart delikaten Situation nicht gewachsen fühlte, zahlte seine Rechnung und ging. Draußen verkroch er sich in seinen frisch lackierten roten LKW und lauschte niedergeschlagen dem Regen.

Mrs. Perry erwachte am nächsten Tag kurz nach Sonnenaufgang. Dank ihrer ausgezeichneten Konstitution war ihr nur ein bißchen übel, dennoch blieb sie lange reglos im Bett liegen und starrte auf die Wände. Allmählich wurde ihr klar, daß sich das Zimmer, in dem sie lag, über dem Restaurant befand; wie sie jedoch dorthin gekommen war, konnte sie sich nicht erklären. An das Abendessen mit Mr. Drake erinnerte sie sich; nur dunkel aber an das, was sie ihm gesagt hatte. Ihm für ihre jetzige Situation die Schuld zu geben, fiel ihr nicht ein. Keine Spur von Hysterie, daß sie sich in einem fremden Bett wiederfand, und obwohl sie eine ständig angespannte und nervöse Frau war, waren ihre Gefühle tief verankert, und nur ganz bestimmte Dinge versetzten sie in Angst.

Sie fühlte sich ausgesprochen glücklich und dachte an ihren Onkel, der vor fünfzehn Jahren auf einer Tagung unter Bewußtseinsstörung gelitten hatte und den ganzen Vormittag in der Stadt herumgelaufen war, ohne zu wissen, wo er sich befand. Sie lächelte.

Sie ruhte sich noch eine Weile aus, stand dann auf und

zog sich an. Sie ging auf den Flur hinaus, sah die Treppe und stieg mit angehaltenem Atem und pochendem Herzen hinunter, denn sie wollte unbedingt ins Restaurant zurück.

Der Raum war durchflutet von Sonnenlicht, und es roch noch nach Fleisch und Bratensoße. Leicht schwankend ging sie den Gang zwischen den Holznischen und Tischen entlang, die Tische waren leergeräumt und abgewischt. Sie schaute ängstlich suchend von einem zum andern und hoffte, die Nische, in der sie gesessen hatten, ausfindig zu machen. Vergeblich. Die Tische sahen alle gleich aus. Diese Anonymität machte mit einem Mal ihre Zärtlichkeit nur noch größer.

»John Drake«, flüsterte sie. »Mein geliebter John Drake.«

Alles ist schön

Der höchste Weg in der blauen Medina führte am Rand einer Klippe entlang. Sie ging zu der dicken Schutzmauer und schaute hinunter. Es war Ebbe, und unten auf den flachen, schmutzigen Felsen wimmelte es von mageren Jungen. Eine Araberin näherte sich der blaugekalkten Mauer, stellte sich dicht neben sie und berührte mit dem Korb, den sie trug, leicht ihre Hüfte. Sie tat so, als bemerkte sie die Frau nicht, und blickte unverwandt auf einen weißen Hund, der von einem Felsen abgerutscht und in einen Krater voll Meerwasser geplatscht war. Sein Gebell war ohrenbetäubend. Darauf versetzte ihr die Frau mit dem Korb einen Rippenstoß, und sie schaute auf.

»Das da ist ein Stachelschwein«, sagte die Frau und deutete mit einem hennagefärbten Finger in den Korb.

Es stimmte, in dem Korb lag ein großes totes Stachelschwein und darauf ein Paar neue gelbe Socken.

Sie schaute wieder die Frau an. Sie trug einen Haik, und das weiße Tuch, das die untere Hälfte ihres Gesichts bedeckte, hatte sich gelöst und drohte herunterzufallen.

»Ich bin Zodelia«, verkündete sie mit hoher Stimme. »Und du bist Betsouls Freundin.« Das lose Tuch glitt bis unter ihr Kinn und hing da wie ein Lätzchen. Sie zog es nicht hoch.

»Du sitzt in ihrem Haus und du schläfst in ihrem Haus und du ißt in ihrem Haus«, fuhr die Frau fort, und sie nickte zustimmend. »Du heißt Jeanie, und du wohnst in einem Hotel mit anderen Nazarenern. Wieviel kostet dich das Hotel?«

Ein Fladenbrot fiel aus den Falten des Haiks und plumpste auf den Boden, und sie mußte die Frage der Frau nicht beantworten. Mühsam hob die Frau den Brotlaib auf und verstaute ihn zwischen die Stacheln des Schweins und den Korbhenkel. Dann setzte sie den Korb auf die blaue Mauer und wandte sich mit glänzenden Augen zu ihr um.

»Ich bin die Leute im Hotel«, sagte sie. »Schau mir genau zu.«

Sie freute sich, denn sie wußte, daß ihr die Frau, die sich Zodelia nannte, einen kleinen Sketch vorführen wollte. Es würde herrlich sein, sie dabei zu beobachten, da alle Leute aus dieser Stadt redeten und gestikulierten, als hätten sie an der *Comédie Française* studiert.

»Die Leute im Hotel«, kündete Zodelia ihren Sketch förmlich an. »Ich bin die Leute im Hotel.«

»›Auf Wiedersehn, Jeanie. Auf Wiedersehn. Wo gehst du hin?‹

›Ich geh ins Haus eines Arabers, meine arabische Freundin Betsoul und ihre Familie besuchen. Ich werde in einem arabischen Zimmer sitzen und arabische Speisen essen und in einem arabischen Bett schlafen.‹

›Jeanie, Jeanie, wann kommst du zurück zu uns ins Hotel und schläfst in deinem eigenen Zimmer?‹

›Ich werde in drei Tagen wieder bei euch sein. Ich werde zurückkommen und in einem Nazarener-Zimmer sitzen und nazarenische Speisen essen und in einem Nazarener-Bett schlafen. Ich werde die Hälfte der Woche mit arabischen Freunden verbringen, die andere mit Nazarenern.‹«

Die Stimme der Frau klang triumphierend, als sie den Satz beendete; dann trat sie, ohne den Schluß des Sketches anzukündigen, an die Mauer und umfaßte ihren Korb mit einem Arm.

Unterhalb der Mauer, genau dort, wo der Schatten der Klippe noch hinfiel, saß eine Araberin auf einem Stein und wusch sich die Beine in einem der Löcher, die voll Meereswasser waren. Ihr Haik lag hochgerafft auf ihrem Schoß, sie saß darübergebeugt und untersuchte ihre Füße.

»Sie schaut aufs Meer«, sagte Zodelia.

Sie schaute nicht aufs Meer; es war unmöglich, mit gesenktem Kopf und dem vielen Stoff auf dem Schoß aufs Meer zu schauen; sie hätte sich aufrichten und umdrehen müssen.

»Sie schaut *nicht* aufs Meer.«

»Sie schaut aufs Meer«, wiederholte Zodelia, als hätte sie nichts gesagt.

Sie beschloß, das Thema zu wechseln. »Warum hast du ein Stachelschwein bei dir?« fragte sie, obwohl sie wußte, daß manche Araber, besonders die vom Land, gern Stachelschwein aßen.

»Es ist ein Geschenk für meine Tante. Magst du's?«

»Ja«, sagte sie. »Ich mag Stachelschweine. Ich mag große Stachelschweine, und auch kleine.«

Zodelia schien verwirrt zu sein und dann gelangweilt, und sie schloß daraus, daß sie die Unterhaltung irgendwie verdorben hatte, indem sie kleine Stachelschweine erwähnte.

»Wo ist deine Mutter?« fragte Zodelia schließlich.

»Meine Mutter ist in ihrer Heimat in ihrem eigenen Haus«, erwiderte sie mechanisch; sie hatte die Frage bereits hundertmal beantwortet.

»Warum schreibst du ihr nicht einen Brief und sagst ihr, sie soll hierher kommen? Du kannst mit ihr spazierengehen und ihr das Meer zeigen. Danach kann sie in ihr Land zurückfahren und in ihrem Haus sitzen.« Sie nahm den Korb und befestigte den Streifen Tuch über ihrem Mund. »Möchtest du auf eine Hochzeit gehen?« fragte sie.

Sie antwortete, sie würde sehr gern auf eine Hochzeit gehen, und sie machten sich auf und stiegen den gewundenen blauen Weg hinunter, dem Wind entgegen. Als sie an einem kleinen Laden vorbeikamen, blieb Zodelia stehen. »Warte hier«, sagte sie, »ich möchte etwas kaufen.«

Nachdem Zodelia eine Weile die Auslage studiert hatte, stieß sie sie an und zeigte auf das Gebäck in einem viereckigen Glasbehälter. »Schön?« fragte sie. »Oder nicht schön?«

Die Kuchenstückchen waren sandfarben und mit einer dünnen, häßlich aussehenden Zuckerglasur überzogen. Sie hießen *Galletas Ortiz*.

»Sehr schön«, erwiderte sie und kaufte ihr ein Dutzend. Zodelia dankte ihr knapp, und sie gingen weiter. Kurz darauf bogen sie vom Weg ab und in eine enge, abschüssige Gasse ein. Bald schon blieb Zodelia vor einer Türe stehen und hob den schweren Messingklopfer, der die Form einer Faust hatte.

»Ist die Hochzeit hier?« fragte sie.

Zodelia schüttelte den Kopf und schaute ernst drein. »Hier findet keine Hochzeit statt«, sagte sie.

Ein Mädchen öffnete die Tür, versteckte sich rasch dahinter und bedeckte sein Gesicht. Sie folgte Zodelia über den schwarzweiß gekachelten Boden des geschlossenen Patios. Die Wände waren blau gekalkt, und ein kaltes Licht schien durch die gesprungenen Glasscheiben hoch oben über ihren Köpfen. Zu beiden Seiten des Patios gab es eine Tür. Vor der einen stand, den Eingang versperrend, eine Reihe von spitz zulaufenden Pantoffeln. Zodelia schlüpfte aus ihren Schuhen und stellte sie neben die andern auf den Boden.

Sie stand hinter Zodelia und begann ebenfalls die Schuhe auszuziehen. Das dauerte eine ganze Weile, da sich einer ihrer Schnürsenkel verknotet hatte. Als sie fertig war, nahm Zodelia sie bei der Hand und zog sie in ein trüb beleuchtetes Zimmer, wo sie sie zu einer Matratze führte, die an der Wand lag.

»Setz dich«, befahl sie, und sie gehorchte. Ohne ein weiteres Wort ging sie in den hinteren Teil des Zimmers.

Da sich ihre Augen noch nicht an das trübe Licht gewöhnt hatten, hatte sie das Gefühl, als entschwände eine Figur einen langen Gang entlang. Dann erkannte sie allmählich die Messingstäbe eines Bettes, die matt im Dunkeln leuchteten.

Nur wenige Schritte entfernt saß mitten auf einem Teppich eine alte Dame in einem Obergewand aus grünem und purpurrotem Vorhangstoff. Durch die vielen Risse hindurch konnte sie das Kattunkleid und die gelbbraune Weste darunter sehen. Auf der gegenüberliegenden Seite des Zimmers saßen auf einer zweiten Matratze nebeneinander mehrere Frauen, weiter hinten auf der Matratze schliefen dicht an der Wand und in einer Reihe drei Babies, mit dem Kopf ruhten sie jeweils auf einem reich verzierten Kissen.

»Ist es hier nicht schön?« Es war Zodelia, die ohne ihren Haik zurückgekehrt war. Ihr europäisch geschnittenes Kleid aus schwarzem Wollkrepp hing gürtellos und locker bis auf die Knöchel herunter und berührte fast ihre nackten Füße. Der Saum war an einer Seite länger. »Ist es hier nicht schön?« fragte sie wieder, ließ sich in der Hocke vor ihr nieder und zeigte auf die alte Frau. »Das da ist Tetum«, sagte sie. Die alte Dame tauchte mit beiden Händen in eine Schüssel mit Hackfleisch und begann, aus der Masse Bällchen zu formen.

»Tetum«, tönte es von den Damen auf der Matratze zurück.

»Diese Nazarenerin«, sagte Zodelia in ihre Richtung weisend, »verbringt die Hälfte ihrer Zeit in einem arabischen Haus mit arabischen Freunden, und die andere Hälfte in einem nazarenischen Hotel mit anderen Nazarenern.«

»Das ist schön«, kam es von den Frauen gegenüber. »Halb mit arabischen Freunden und halb mit Nazarenern.«

Die alte Dame blickte sehr finster drein. Sie bemerkte, daß die knochigen Wangen der Alten mit winzigen blauen Kreuzen tätowiert waren.

»Warum?« fragte die alte Dame schroff und mit tiefer Stimme. »*Warum* verbringt sie die Hälfte ihrer Zeit mit arabischen Freunden und die andere mit Nazarenern?« Sie heftete den Blick auf Zodelia, wobei ihre behenden Finger nicht aufhörten, das Fleisch zu kneten. Jetzt sah sie, daß auch ihre Knöchel mit blauen Kreuzen tätowiert waren.

Zodelia starrte sie ausdruckslos an. »Ich weiß nicht warum«, sagte sie und hob die fetten Schultern. Es war klar, daß das Bild, das sie für die Frauen gemalt hatte, für sie selbst allen Reiz verloren hatte.

»Ist sie verrückt?« fragte die alte Dame.

»Nein«, antwortete Zodelia teilnahmslos. »Sie ist nicht verrückt.« Von der Matratze kam gellendes Gelächter.

Die alte Dame richtete ihren scharfen Blick auf die Besucherin; ihre Augen waren stark mit Schwarz umrandet, wie sie jetzt sah. »Wo ist dein Mann?« wollte sie wissen.

»Er reist gerade durch die Wüste.«

»Verkauft Sachen«, warf Zodelia ein. Dies war die allgemein anerkannte Erklärung für die Ausflüge ihres Mannes; sie versuchte nicht, Zodelia zu widersprechen.

»Wo ist deine Mutter?« fragte die alte Dame.

»Meine Mutter ist in unserem Land in ihrem eigenen Haus.«

»Warum gehst du nicht zu deiner Mutter und sitzt mit ihr in ihrem Haus?« schimpfte sie. »Das Hotel kostet eine Menge Geld.«

»In meiner Heimatstadt«, begann sie, »gibt es viele, viele Autos und viele, viele Lastwagen.«

Die Frauen auf der Matratze lächelten freundlich. »Stimmt das?« fragte eine mit höflichem Interesse.

»Ich hasse Lastwagen«, erwiderte sie der Frau heftig.

Die alte Dame hob die Fleischschüssel von ihrem Schoß und stellte sie auf den Teppich. »Lastwagen sind schön«, sagte sie streng.

»Das stimmt«, gaben ihr die Frauen recht, nachdem sie einen Augenblick gezögert hatten. »Lastwagen sind sehr schön.«

»Magst *du* denn Lastwagen?« fragte sie Zodelia, da sie dachte, diese werde ihr vielleicht aufgrund ihrer etwas größeren Vertrautheit miteinander zustimmen.

»Ja«, sagte sie. »Sie sind schön. Lastwagen sind sehr schön.« Sie schien in Gedanken verloren, doch nur einen Augenblick lang. »Alles ist schön«, verkündete sie mit triumphierender Miene.

»Das ist wahr«, sagten die Frauen von ihrer Matratze her. »Alles ist schön.«

Sie sahen alle glücklich aus, nur die alte Dame schaute noch finster drein.

»Aicha!« rief sie, wobei sie ihren Hals so reckte, daß ihre Stimme im Patio gehört werden konnte. »Bring den Tee!«

Ein paar kleine Mädchen kamen ins Zimmer und brachten das Teegeschirr und einen niedrigen runden Tisch.

»Reich das Gebäck der Nazarenerin«, befahl sie der Kleinsten, die einen Teller aus geschliffenem Glas trug, auf dem sich kleine Kuchenstückchen türmten. Sie sah, daß es das Gebäck war, das sie für Zodelia gekauft hatte. Sie wollte nichts davon. Sie wollte nach Hause.

»Iß!« riefen ihr die Frauen von ihrer Matratze aus zu. »Iß das Gebäck.«

Das Kind schob den Glasteller weiter vor.

»Das Abendessen im Hotel ist fertig«, sagte sie und stand auf.

»Trink Tee«, sagte die alte Frau höhnisch. »Mit den anderen Nazarenern wirst du später zusammensitzen und ihr Essen teilen.«

»Die Nazarener werden wütend sein, wenn ich zu spät komme.« Sie merkte, daß sie plump daherlog, aber sie konnte nicht aufhören. »Sie werden mich schlagen!« Sie bemühte sich, wild verängstigt auszusehen.

»Trink Tee. Sie werden dich nicht schlagen«, sagte die alte Frau zu ihr. »Setz dich hin und trink Tee.«

Das Kind hielt ihr noch immer den Glasteller hin, als sie sich auf die Tür zu bewegte. Draußen hockte sie sich auf die schwarzweißen Fliesen, um sich die Schuhe zu binden. Nur Zodelia folgte ihr in den Patio hinaus.

»Komm zurück«, riefen die anderen Frauen. »Komm zurück ins Zimmer.«

Dann bemerkte sie den Korb mit dem Stachelschwein, der nicht weit entfernt an der Wand stand. »Ist die alte

Dame dort in dem Zimmer deine Tante? Bringst du ihr das Stachelschwein?« fragte sie.

»Nein. Sie ist nicht meine Tante.«

»Wo *ist* denn deine Tante?«

»Meine Tante ist in ihrem eigenen Haus.«

»Wann willst du ihr das Stachelschwein bringen?« Sie wollte das Gespräch im Gang halten, damit Zodelia abgelenkt würde und vergäße, sich über ihren Aufbruch zu erregen.

»Das Stachelschwein sitzt hier«, sagte sie bestimmt. »In meinem eigenen Haus.«

Sie entschloß sich, nicht nochmals nach der Hochzeit zu fragen.

Als sie die Tür erreichten, öffnete Zodelia sie gerade einen Spalt weit, um sie herauszulassen. »Auf Wiedersehn«, sagte sie hinter ihr. »Ich werde dich morgen sehen, wenn Allah es will.«

»Wann?«

»Vier Uhr.« Ganz offensichtlich hatte sie die erstbeste Zeit gewählt, die ihr eingefallen war. Bevor sie die Tür schloß, streckte sie die Hand aus und preßte ihr zwei der trockenen spanischen Kuchenstücke in die Hand. »Iß die«, sagte sie huldvoll. »Iß sie im Hotel mit den anderen Nazarenern.«

Sie stieg die steile Gasse hinauf, um noch einmal den Spaziergang an den Klippen entlang zu machen. Die Häuser zu beiden Seiten waren so nah, daß sie die Feuchtigkeit der Wände riechen konnte und sie auf ihren Wangen spürte wie verdickte Luft.

Als sie an den Platz kam, wo sie Zodelia getroffen hatte, ging sie zur Mauer und lehnte sich darauf. Obwohl die Sonne hinter den Häusern untergegangen war, leuchtete der Himmel noch, und das gekalkte Blau der Mauer war noch dunkler geworden. Sie rieb mit den Fingern darüber: der Bewurf war kühl, und etwas Kalkstaub rieselte herab. Und sie erinnerte sich, wie sie einmal die Hand ausgestreckt hatte, um das Gesicht eines Clowns zu berühren, weil es in ihr eine Sehnsucht geweckt hatte. Das war in einem kleinen Zirkus gewesen, aber nicht in ihrer Kindheit.

Guatemaltekisches Idyll

Als der Reisende die Pension erreichte, wehte ein heftiger Wind. Bevor er hineinging, um die heiße Suppe zu bestellen, an die er dauernd gedacht hatte, ließ er sein Gepäck im Eingang stehen und schlenderte noch ein paar Häuserblocks weiter, um von der Stadt einen Eindruck zu bekommen. Er kam zu einem riesigen Torbogen, durch den er in der Ferne eine Ebene sehen konnte. Er meinte, Gestalten erkennen zu können, die um ein Feuer saßen, doch war er sich dessen nicht ganz sicher, da ihm der Wind die Tränen in die Augen trieb.

›Wie trostlos‹, dachte er, und sein Mund stand dabei offen. ›Aber macht nichts. Kopf hoch. Wahrscheinlich ist es eine Gruppe von Jungen und Mädchen, die um ein Feuer sitzen und sich bestens amüsieren. Die Welt ist die Welt, wie man's auch nimmt, und ein Grasfleck an der einen Stelle ist genauso grün wie an irgendeiner anderen.‹

Er wandte sich um und ging eilig zurück, wobei er sich dicht an die Wände der niedrigen Steinhäuser hielt. Er war ein wenig besorgt, daß er die Tür seiner Pension nicht wiedererkennen könnte.

›Es heißt immer, in den USA gibt es keinerlei Vielfalt‹, sagte er zu sich. ›Aber diese spanische Architektur übertrifft alles. Sie ist absolut monoton.‹ Er klopfte an eine der Türen, und bald darauf erschien ein Mädchen mit kurzgeschorenem Haar. Mit stark amerikanischem Akzent fragte er: »Ist das hier die Pension Espinoza?«

»Si!« Das Kind ließ ihn ein und führte ihn zu einem

Springbrunnen in der Mitte eines rechteckigen Patios. Er schaute ins Bassin, und ebenso das Kind.

»Da drin sind vier Fische«, sagte es auf spanisch. »Möchten Sie, daß ich versuche, Ihnen einen davon zu fangen?«

Der Reisende verstand nichts. Er stand da, fühlte sich unbehaglich und sehnte sich danach, auf sein Zimmer zu gehen. Das kleine Mädchen bemühte sich noch immer, einen Fisch zu erwischen, als die Pensionsinhaberin, seine Mutter, herauskam und sich zu ihnen gesellte. Die Frau war ziemlich dick, hatte aber ein schmales ovales Gesicht; sie trug eine Brille, die mit einer Goldkette an ihrem Kleid befestigt war. Sie begrüßte den Mann und fragte in leidlich gutem Englisch, ob er eine angenehme Reise gehabt habe.

»Er will einen von den Fischen sehn«, erklärte das Kind.

»Aber ja doch«, sagte Señora Espinoza und bewegte ihre Hände geschickt durchs Wasser. »Gleich«, sagte sie lachend, als ein Fisch ihren Fingern entglitt, »gleich.«

Der Reisende nickte. »Ich würde gern auf mein Zimmer gehen«, sagte er.

Der Amerikaner war über sein Zimmer leicht entsetzt. Vier Messingbetten standen in einer Reihe nebeneinander, jedes uralt und ein wenig verbogen.

›Mein Gott!‹ dachte er. ›Sie müssen ein paar wegräumen. Die machen mich richtig nervös.‹

Von der Decke hing eine Schnur herunter. An ihrem Ende in Höhe seiner Nase war eine winzige elektrische Birne. Er knipste sie an und schaute unter dem Licht auf seine Hände. Sie waren rissig und dreckig. Ein barfüßiges Zimmermädchen kam mit einem Krug Wasser und einer Schüssel herein.

Im Speisesaal waren die Wände mit Kalendern dekoriert, und auf jedem Tisch stand eine kunstvoll geschliffene Karaffe. Einige Gäste hatten schon schweigend mit dem Essen begonnen. Ein kleines Mädchen redete mit hoher Stimme.

»Ich gehe heute abend nicht zu dem Konzert, Mamá.«

»Warum nicht?« fragte ihre Mutter mit vollem Mund. Sie blickte ihre Tochter ernst an.

»Weil ich nicht gern Musik höre. Ich hasse es!«

»Warum?« fragte ihre Mutter geistesabwesend und nahm nochmals einen großen Bissen. Ihre Stimme war so tief wie die eines Mannes. Ihr Kopf saß tief zwischen den Schultern und war voller schwarzer Locken. Das Kinn war schwer und die Haut dunkel und rauh; aber sie hatte wunderschöne blaue Augen. Sie saß mit gespreizten Beinen da, ein Arm lag flach auf dem Tisch. Das Kind hatte keine Ähnlichkeit mit seiner Mutter. Es war zart, und sein widerspenstiges Haar hatte den eigentümlichen hellen Farbton, den man oft bei Mulatten findet. Seine Augen waren so blaß, daß sie fast weiß wirkten.

Als der Reisende eintrat, wandte sich das Kind ihm zu, um ihn anzusehen.

»Jetzt sind es neun Leute, die hier in der Pension essen«, stellte es gleich fest.

»Neun«, sagte seine Mutter. »Viele Münder.« Sie schob ihren Teller träge beiseite und schaute auf den Kalender neben sich an der Wand. Schließlich drehte sie sich um und sah den Fremden. Da sie mit dem Essen fertig war, verfolgte sie interessiert den Fortgang seiner Mahlzeit. Einmal trafen sich ihre Blicke.

»Guten Appetit«, sagte sie und nickte ernst; dann beobachtete sie ihn bei der Suppe, bis er sie ausgelöffelt hatte.

»Meine Pillen«, sagte sie zu Lilina und streckte ihre Hand aus, ohne den Kopf zu wenden. Zum Spaß leerte Lilina die ganze Flasche in die Hand ihrer Mutter.

»Da sind deine Pillen«, sagte sie. Als Señora Ramirez bemerkte, was passiert war, versetzte sie Lilina eine gewaltige Ohrfeige, und zwar mit der Hand, in der sie die Pillen hielt, so daß diese auf der feuchten Haut des Kindes und in seinem Haar klebenblieben. Der Reisende wandte sich ab. Er war so angeödet und zugleich auch abgestoßen von dem, was er erlebte, daß er es für besser hielt, noch am selben Abend eine andere Pension zu suchen.

»Gleich kommt der Musikant«, sagte die Kellnerin, als sie das Fleisch vor ihn hinstellte. »Für 50 Cent spielt er Ihnen alle Lieder, die Sie hören wollen. Ein Abend reicht dafür gar nicht aus. *Die* da wird dann *nicht* hier sein.« Sie schaute zu Lilina hinüber, die wie ein angestochenes Schwein quiekte.

»Diese Pillen kosten mich drei Quetzal die Flasche«, jammerte Señora Ramirez. Einer der jungen Männer vom Nachbartisch kam an ihren Tisch und untersuchte die leere Flasche. Er schüttelte den Kopf.

»So was Barbarisches«, sagte er.

»Was für ein schreckliches Kind bist du doch, Lilina!« sagte eine englische Dame, die in gebührendem Abstand zu den übrigen Gästen saß. Alle schauten auf. Das Gesicht und der Hals der Engländerin waren vor Ärger stark gerötet. Sie redete Englisch mit ihnen.

»Können Sie sich nicht wie zivilisierte Menschen benehmen?« fragte sie.

»Sei mal ganz still, du!« Der junge Mann hatte seine Inspektion der leeren Pillenflasche beendet. Seine Begleiter brachen in Lachen aus.

»O.K., Mädchen«, fuhr er auf englisch fort. »Willst'n Kaugummi?« Seine Begleiter konnten sich vor Lachen über diese letzte Bemerkung kaum halten, sie standen alle drei auf und verließen den Raum. Ihr Gewieher war noch vom Patio her zu hören, wo sie sich vor Lachen biegend an den Springbrunnen gesetzt hatten.

»Einem erwachsenen Menschen sträuben sich da die Haare, eine Schande!« sagte die englische Dame. Lilinas Nase hatte zu bluten begonnen, und sie stürzte hinaus.

»Und sag Consuelo, sie soll sich beeilen und essen kommen«, rief die Mutter hinter ihr her. Im selben Augenblick erschien der Musikant. Er war ein kleiner Mann, er trug einen schwarzen Anzug und ein schmuddeliges Hemd.

»So«, sagte Lilinas Mutter. »Da sind Sie ja endlich.«

»Ich habe mit meinem Onkel zu Abend gegessen. Die Zeit verfliegt, Señora Ramirez! *Gracias a Dios*!«

»Was heißt hier *Gracias a Dios*! Unerhört, daß man ohne Musik zu Abend essen muß.«

Der Geiger ließ sich auf einen Stuhl fallen, beugte sich weit vor und begann mit Verve zu spielen.

»Walzer!« rief Señora Ramirez laut in die Musik hinein. »Walzer!« Sie sah ausgelassen aus und schien dabei dem Weinen nahe zu sein. Tatsächlich war sich der Fremde ziemlich sicher, daß er eine Träne ihre Wange herunterrollen sah.

»Gehen Sie heute abend zu dem Platzkonzert?« fragte sie ihn in recht gutem Englisch.

»Ich weiß nicht. Gehen Sie?«

»Ja, mit meiner Tochter Consuelo. Falls das unglückselige Mädchen jemals hier zum Essen auftaucht. Sie macht sich nichts aus Essen. Nur tanzen. Sie tanzt wie ein richtiger Schmetterling. Das französische Blut hat sie von mir.

Sie ist aus ganz anderem Holz als die Kleine, Lilina, die einen dauernd kränken muß; sie kränkt mich, sie kränkt ihre Schwester, sie kränkt ihre Freunde. Ich hoffe nur, daß Gott sich ihrer erbarmt.« Sie vergoß darüber tatsächlich ein oder zwei Tränen, die sie mit ihrer Serviette wegwischte.

»Nun, sie ist noch jung«, sagte der Fremde. Señora Ramirez stimmte ihm von Herzen zu.

»Ja, sie ist jung.« Sie lächelte ihn süß an und schien ganz zufrieden.

Lilina war unterdessen auf ihr Zimmer gegangen, stand über eine weiße Schüssel gebeugt, in der sie sich die Hände wuschen, und ließ das Blut hineintropfen. Sie atmete heftig, tat wie jemand, der sich bemühte, Wut vorzutäuschen.

»Hör mit diesem Geatme auf! Du hörst dich an wie ein alter Mann«, sagte ihre Schwester Consuelo, die mit einem heißen Ziegel auf dem Bauch auf dem Bett lag. Consuelo war klein und dunkel, mit einem groben flachen Gesicht und einem ungewöhnlich schmalen Kopf. Sie war von Natur aus kratzbürstig, wie viele junge Mädchen, die nichts anderes tun, als von einem Liebhaber zu träumen. Lilina, ein tyrannisches Kind ohne jede Neugier auf die Erwachsenenwelt, haßte ihre Schwester mehr als irgend jemanden sonst.

»Mamá sagt, daß sie dir, wenn du nicht bald zum Essen kommst, ein paar runterhauen wird.«

»Vielleicht hast *du* deswegen eine blutige Nase?«

»Nein«, sagte Lilina. Sie entfernte sich von der Waschschüssel, und ihr Blick fiel auf das Korsett ihrer Mutter, das auf dem Bett lag. Schnell hob sie es auf und ging damit in den Patio, wo sie es in den Springbrunnen warf. Consuelo war über das Entwenden des Korsetts so erschrokken, daß sie abrupt aufstand und ihr Haar in Ordnung brachte.

›Zuviel Aufregung für ein Mädchen meines Alters‹, sagte sie vor sich hin und strich sich über den Bauch. Als sie den Patio überquerte, sah sie Señorita Córdoba, die einige Haarklammern in ihrem Knoten im Nacken feststeckte und dabei den Kopf sehr hoch hielt. Consuelo, die hinter ihr herlief, kam sich wie ein Frosch oder ein Käfer vor. Zusammen betraten sie den Speisesaal.

»Warum wartest du nicht gleich, bis es Mitternacht schlägt?« sagte Señora Ramirez zu Consuelo. Señorita Córdoba, die annahm, der Vorwurf habe ihr gegolten, fühlte sich beleidigt und blieb stehen. Señora Ramirez bekam es sofort mit der Angst zu tun und bedachte sie mit einem seltsamen und dümmlichen Lächeln.

»Was macht die Gesundheit, Señorita Córdoba?« fragte sie sanft, zeigte dann in plötzlicher Verlegenheit auf den Fremden und fragte ihn, ob er Señorita Córdoba kenne.

»Nein, nein. Er kennt mich nicht.« Señorita Córdoba streckte dem Fremden steif die Hand entgegen. Sie begrüßten sich kurz, nannten aber nicht ihre Namen.

Consuelo setzte sich neben ihre Mutter und aß gierig und mit traurigem Blick. Señorita Córdoba bestellte nur Obst. Sie saß da und starrte in den dunklen Patio hinaus, wobei sie den anderen Speisenden den Anblick ihres Nakkens bot. Auf einmal öffnete sie einen Brief und begann zu lesen. Alle beobachteten sie gespannt. Die drei jungen Männer, die vorher so herzhaft gelacht hatten, grinsten blöde und lauerten darauf, ob sich nochmals ein Anlaß zum Lachen ergäbe.

Der Musikant spielte auf Wunsch von Señora Ramirez einen Walzer, sie tat ihr möglichstes, um wieder die Aufmerksamkeit des Fremden zu erringen. »Tra-la-la«, sang sie, und um die Schönheit des Walzers besser zum Ausdruck zu bringen, kreuzte sie die Arme vor der Brust und wiegte sich hin und her.

»Ay, Consuelo! Walzertanzen, das ist was für sie«, sagte sie zu dem Fremden. »Heute abend werden viele Leute auf der Plaza sein, und es ist sehr windig dort. Ich glaube, du mußt mir meinen Schal holen, Consuelo. Es wird sehr kalt.«

Während sie auf Consuelos Rückkehr wartete, fröstelte sie und stocherte in den Zähnen.

Der Reisende hielt sie für verrückt und fand sie abstoßend. Er war als Einkäufer für ein sehr bedeutendes Textilunternehmen hierhergekommen. Nachdem er seine Geschäfte abgewickelt hatte, hatte er sich aus irgendeinem Grund entschlossen, eine weitere Woche dazubleiben, vielleicht, weil er immer wieder gehört hatte, daß es herrlich sei, Urlaub in einem fremden Land zu machen. Inzwischen bedauerte er jedoch seinen Entschluß, denn das nächste Schiff ging nicht vor kommendem Montag. Als er gegessen hatte, war er so verzweifelt, daß sein Gesicht einen eigentümlich jungen und sensiblen Ausdruck bekam. Um sich ein bißchen aufzuheitern, begann er sich auszumalen, was er wohl am Thanksgiving Day zu Hause bei seiner Mutter zu essen bekäme. Sie würden glücklich sein, wenn sie hörten, daß er sich auf dieser Reise nicht wohlgefühlt hatte, denn sie hatten es immer als eine Art Verrat betrachtet, wenn einer in der Familie den Wunsch geäußert hatte, auf Reisen zu gehen. Er selbst fand, daß sie ein angenehmes Leben führten, und neigte deshalb dazu, ihnen zuzustimmen.

Consuelo war mit dem Schal ihrer Mutter zurückgekehrt. Sie träumte schon wieder, als ihre Mutter sie in den Arm zwickte.

»Was ist, Consuelo, kommst du nun mit zum Konzert oder willst du hier wie ein Blödkopf hocken bleiben? Ich nehme an, daß der Señor nicht mit uns geht, aber *wir* mögen Musik, steh auf, und dann wünschen wir diesem Gentleman gute Nacht und ziehen los.«

Der Reisende hatte von dieser Rede nichts verstanden. Er war deshalb äußerst überrascht, als Señora Ramirez ihm auf die Schulter tippte und ihn mit gesetzten Worten auf englisch ansprach: »Gute Nacht, Señor. Consuelo und ich gehen zu dem Konzert. Wir sehen Sie morgen beim Frühstück.«

»Oh, aber ich gehe doch auch zu dem Konzert«, sagte er, weil er einen panischen Schrecken bekam, daß sie ihn allein zurücklassen könnten.

Señora Ramirez errötete vor Vergnügen. Die drei gin gen gemeinsam die schlecht beleuchtete Straße hinunter und wurden von einem Rudel abgemagerter gelber Hunde begleitet.

»Diese Fenster mit den alten Gittern davor sind wirklich wunderschön«, sagte der Reisende zu Señora Ramirez. »So alt wie die Berge hier, nicht?«

»Sie müssen in die Hauptstadt fahren, wenn Sie schöne Gebäude wollen«, sagte Señora Ramirez. »Ganz neu und sauber sind sie.«

»Ich könnte mir denken«, sagte er, »daß diese alten Gebäude die Sehenswürdigkeiten des Ortes sind, mal abgesehen von Ihren Indianern in ihrer einheimischen Tracht.«

Sie gingen eine Weile stumm nebeneinander her. Ein kleiner Junge trat an sie heran und versuchte, ihnen Lutscher zu verkaufen.

»Fünf *Centavos*«, sagte der Kleine.

»Ganz bestimmt nicht«, sagte der Reisende. Man hatte ihn gewarnt, daß die Einheimischen ihn betrügen würden, und es machte ihn jedesmal richtig wütend, wenn sie ihn mit ihren Waren ansprachen.

»Vier *Centavos*... drei *Centavos*...«

»Nein, nein, nein! Verschwinde!« Der kleine Junge rannte vor ihnen her.

»Ich hätte gern einen Lutscher«, sagte Consuelo zu ihm.

»Warum hast du das denn nicht früher gesagt?« wollte er wissen.

»Nein«, sagte Consuelo.

»Sie meint nicht ›nein‹«, erklärte ihre Mutter. »Sie lernt es einfach nicht, Englisch zu reden. Sie hat Luft im Kopf.«

»Ich verstehe«, sagte der Reisende. Consuelo war gekränkt. Als sie das Ende der Straße erreichten, blieb Señora Ramirez stehen und senkte den Kopf wie ein Stier.

»Hör doch«, sagte sie zu Consuelo. »Hör doch. Man kann die Musik von hier aus mitkriegen.«

»Ja, Mamá. Tatsächlich.« Sie standen da und lauschten den leisen Marimbaklängen. Der Reisende seufzte.

»Bitte, gehen wir doch, wenn wir nun schon mal hingehen«, sagte er. »Sonst hat's keinen Sinn.«

Der Platz war schon ziemlich voll, als sie ankamen. Die älteren Leute saßen auf Bänken unter den Bäumen, während die Jüngeren Runde um Runde drehten, die Mädchen in die eine Richtung und die Jungen in die andere. Die Musiker spielten in einem Pavillon in der Mitte des Platzes. Señora Ramirez führte Consuelo und den Fremden zur Reihe der Mädchen, und sie waren noch keine Minute gegangen, als sie in eine gemächliche Gangart fiel und einen Gesichtsausdruck bekam wie jemand, der sich in einem Lehnstuhl entspannt.

»Wir haben drei Stunden«, sagte sie zu Consuelo.

Der Fremde schaute sich um. Viele der Mädchen waren barfüßig und rein indianisch. Sie spazierten herum, blieben dicht beieinander und schüttelten sich häufig vor Lachen.

Die Musiker spielten ein formloses, aber militärisch klingendes Stück, das sich immer wieder steigerte, aber danach kein Ende hatte. Der Schlagzeuger war der Mann, der in der Pension von Señora Espinoza eben noch Geige gespielt hatte.

»Sehen Sie doch!« sagte der Reisende aufgeregt. »Ist das nicht der Mann, der gerade für uns beim Abendessen gespielt hat? Er muß den ganzen Weg gerannt sein. Ich wette, der ist schön ins Schwitzen geraten.«

»Ja, tatsächlich, er ist es«, sagte Señora Ramirez. »Diese widerliche kleine Ratte. Ich würde ihn gern direkt von seinem Platz herunterzerren. Erinnerst du dich an den Geiger vom Grand Hotel, Consuelo? Er ist an jeden Tisch gekommen, Señor, und ich habe in meinem Leben noch nie so schöne Zähne gesehen. Ein Lächeln auf dem Gesicht von dem Augenblick an, wo er den Raum betrat, und das, bis er wieder ging. Der hier glotzt auf seine Schuhe, während er spielt, und würde uns alle am liebsten umbringen.«

Einige größere Jungen warfen dem Fremden Konfetti ins Gesicht.

›Ich möchte wissen‹, sagte er zu sich, ›ich möchte doch zu gerne wissen, was sie daran so spaßig finden, in diesem kleinen Park hier immer nur im Kreis herumzulaufen und sich gegenseitig mit Konfetti zu bewerfen.‹

Die Reihe der Jungen hatte ständig etwas zu lachen und

zu lärmen. Je breiter sie grinsten, desto größer wurde sein Verdacht, daß sie etwas ausheckten, möglicherweise gegen ihn, denn offensichtlich war er diesen Abend der einzige Tourist hier. Schließlich war er derart durcheinander, daß er beim Gehen zu den Sternen hinaufschaute und kürzere Strecken sogar mit geschlossenen Augen machte, denn es schien ihm, als würde er so weniger auffallen. Plötzlich bemerkte er Señorita Córdoba. Sie stand auf der anderen Straßenseite und kaufte gerade Lutscher von einem Jungen.

»Señorita!« Er winkte ihr mit der Hand und sprang mit einem Satz aus der Reihe heraus über die Straße. Keuchend blieb er an ihrer Seite stehen, während sie heftig errötete und nicht wußte, was sie mit ihm reden sollte.

Señora Ramirez und Consuelo blieben wie zwei Statuen auf der Stelle stehen und starrten ihm nach, während die Menschenschlangen zu beiden Seiten an ihnen vorbeizogen.

Lilina schaute aus ihrem Fenster auf ein paar Jungen, die an der Straßenecke im Licht einer Straßenlampe spielten. Einer von ihnen zog ständig eine Schlange aus seiner Tasche und stopfte sie danach wieder hinein. Lilina wollte die Schlange unbedingt haben. Sie wählte sich ihre Spielsachen danach aus, wieviel Macht oder Verantwortung sie ihr in den Augen der anderen verliehen. Wenn es ihr gelänge, die Schlange zu bekommen, könnte sie vielleicht eine kleine Nummer mit dem Titel ›Lilina und die Viper‹ aufführen und Eintritt dafür verlangen. Sie stellte sich vor, daß sie ein Phantasiekostüm tragen würde und die Schlange unter ihrem Kragen hervorgekrochen käme. Sie ging nach draußen. Der Wind war stärker geworden, und sie konnte die Musik sogar von hier aus hören. Sie fröstelte und lief zu den Jungen.

»Für wieviel verkaufst du deine Schlange?« fragte sie Ramón, den Ältesten.

»Du meinst Victoria?« sagte Ramón. Er war im Stimmbruch, und über der Oberlippe zeigte sich der erste Flaum.

»Victoria ist zu sehr Königin, als daß du sie kriegen könntest«, sagte einer der kleineren Jungen. »Sie ist eine Schönheit und du nicht.« Sie brüllten vor Lachen, einschließlich Ramón, der mit einem Schlag ganz dumm aussah. Er kicherte wie ein Mädchen. Lilinas Mut sank. Sie war fest entschlossen, die Schlange zu bekommen.

»Könnt ihr auch mal aufhören zu lachen und mit mir verhandeln? Wenn nicht, muß ich wieder reingehen, weil meine Mutter und meine Schwester bald zurückkommen, und sie würden mir nicht erlauben, daß ich hier mit euch so rede. Ich bin aus einer guten Familie.«

Das ernüchterte Ramón, und er befahl den Jungen, still zu sein. Er holte Victoria aus seiner Tasche und spielte stumm mit ihr. Lilina starrte die Schlange an.

»Komm zu mir nach Hause«, sagte Ramón. »Meine Mutter will bestimmt wissen, für wieviel ich sie verkaufe.«

»Gut«, sagte Lilina. »Aber mach schnell, und die will ich nicht dabeihaben.« Sie zeigte auf die anderen Jungen. Ramón befahl ihnen, nach Hause zu gehen und sich später mit ihm auf dem Spielplatz bei der Kathedrale zu treffen.

»Wo wohnst du?« fragte sie ihn.

»Calle de las Delicias, Nummer 6.«

»Gehört dein Haus euch?«

»Mein Haus gehört meiner Tante Gudelia.«

»Ist sie reicher als deine Mutter?«

»O ja.« Dann sprachen sie nichts mehr miteinander.

In Ramóns Haus führten acht Zimmer auf den Patio, aber nur eins war möbliert. In diesem Raum kochte und schlief die Familie. Seine Mutter und seine Tante saßen sich auf zwei hellgestrichenen Stühlen gegenüber. Beide waren fett, und beide waren schwarz gekleidet. Das einzige Licht kam von einem Holzkohlefeuer, das in einem Becken auf dem Boden brannte.

Sie hatten sich die Stühle erst an diesem Morgen gekauft und waren infolgedessen in übermütiger Feiertagsstimmung. Als die Kinder ankamen, sangen sie gerade gemeinsam ein Liedchen.

»Warum kaufen wir nicht was zu trinken?« sagte Gudelia, nachdem sie aufgehört hatten zu singen.

»Jetzt drehst du wohl gleich durch«, sagte Ramóns Mutter. »Du bist richtig unangenehm, wenn du trinkst.«

»Nein, bin ich nicht«, sagte Gudelia.

»Mutter«, sagte Ramón. »Das kleine Mädchen hier ist gekommen, um Victoria zu kaufen.«

»Ich habe dich noch nie gesehen«, sagte Ramóns Mutter zu Lilina.

»Ich auch nicht«, sagte Gudelia. »Ich bin Ramóns Tante Gudelia. Das hier ist mein Haus.«

»Ich heiße Lilina Ramirez. Ich möchte über Ramóns Victoria verhandeln.«

»Victoria«, wiederholten sie feierlich.

»Ramón hat Victoria sehr gern und Gudelia und ich ebenfalls«, sagte seine Mutter. »Es ist eine Schande, daß wir den Papagei Alfredo verkauft haben. Wir haben viel zu wenig dafür verlangt. Er hat gesungen und getanzt. Wir kümmern uns schon seit langem um Victoria, und das ist sehr kostspielig. Sie frißt viel Fleisch.« Das war offensichtlich eine Lüge. Sie schauten alle auf Lilina.

»Wo wohnst du denn, Kleines?« fragte Gudelia.

»Ich wohne in der Hauptstadt, aber zur Zeit bin ich in Señora Espinozas Pension.«

»Ich treffe sie jeden Tag auf dem Markt«, sagte Gudelia. »Maria de la Luz Espinoza. Sie kauft eine Menge ein. Wie viele Gäste hat sie denn in ihrem Haus? Fünf, sechs?«

»Neun.«

»Neun! Du meine Güte! Hat sie viele Tiere?«

»Natürlich«, sagte Lilina.

»Komm«, sagte Ramón zu Lilina. »Gehen wir nach draußen und verhandeln.«

»Er liebt diese Schlange«, sagte Ramóns Mutter und blickte Lilina unverwandt an.

Die Tante seufzte. »Victoria... Victoria.«

Lilina und Ramón kletterten durch ein Loch in der Mauer und setzten sich zusammen mitten ins Laub.

»Hör zu«, sagte Ramón. »Wenn du mich küßt, geb ich dir Victoria umsonst. Du hast blaue Augen. Ich hab's gesehen, als wir auf der Straße waren.«

»Ich kann hören, was du da redest«, rief seine Mutter aus der Küche.

»Pfui, pfui«, sagte Gudelia. »Victoria für umsonst weggeben. Deine Mutter wird nichts zu essen haben. Ich kann mein Essen selber kaufen, aber was wird deine Mutter tun?«

Lilina sprang ungeduldig auf. Sie sah, daß sie zu keinem Ergebnis kamen, und anders als die meisten ihrer Landsleute war sie immer begierig darauf, die Dinge schnell zu erledigen.

Sie stapfte in die Küche zurück, riß die Augen riesenweit auf, um den beiden Damen Angst einzujagen, und schrie aus Leibeskräften: »Verkaufen Sie mir die Schlange auf der Stelle oder ich geh weg und setze nie mehr einen Fuß in dieses Haus.«

Die zwei Frauen waren es nicht gewohnt, daß man sich bei einer solchen Kleinigkeit wie dem Aushandeln eines Preises derart wütend aufführte. Sie erhoben sich von den Stühlen und begannen, planlos im Raum herumzugehen, wobei sie Sachen aufhoben und wieder hinlegten. Sie wußten nicht recht, was sie tun sollten. Gudelia war furchtbar durcheinander. Sie trat mal hierhin, mal dorthin, hielt die Hand unter der Brust und schaute mißtrauisch umher. Schließlich schlüpfte sie auf den Patio hinaus und verschwand.

Ramón holte Victoria aus seiner Tasche. Sie machten einen Preis aus, und Lilina trug die Schlange in einer kleinen Schachtel nach Hause.

Inzwischen waren Señora Ramirez und ihre Tochter auf dem Heimweg. Beide hatten schlechte Laune. Consuelo war überhaupt nicht nach Reden zumute. Sie blickte wütend auf die Häuser, an denen sie vorbeigingen, und seufzte zu allem, was ihre Mutter zu sagen hatte. »Du hast keine Fröhlichkeit in deinem Herzen«, sagte Señora Ramirez. »Nur Rache.« Da Consuelo sich weigerte, etwas darauf zu sagen, fuhr sie fort: »Manchmal habe ich das Gefühl, ich gehe neben einer Meuchelmörderin.«

Sie blieb abrupt auf der Straße stehen und schaute zum Himmel hinauf. »*Jesu María!*« sagte sie. »Laß mich nicht solche Dinge über meine eigene Tochter sagen.« Sie packte Consuelo am Arm.

»Komm, komm schon. Beeilen wir uns. Meine Füße tun weh. Was für eine häßliche Stadt ist das bloß!«

Consuelo begann zu wimmern. Das Wort ›Meuchelmörderin‹ hatte sie getroffen. Auch wenn sie keine sehr klare Vorstellung von einer Meuchelmörderin hatte, wußte sie doch, daß es eine schwere Beleidigung war, die man nicht auf eine wohlerzogene junge Dame anwendete. Sie war so erschrocken darüber, daß ihre Mutter ein solches Wort in Zusammenhang mit ihr gebraucht hatte, daß sie tatsächlich leichte Bauchschmerzen verspürte.

»Nein, Mamá, nein!« flehte sie. »Sag nicht, daß ich eine Meuchelmörderin bin. Sag's nicht!« Ihre Hände begannen zu zittern, und schon füllten sich ihre Augen mit Tränen. Ihre Mutter umarmte sie, und einen Augenblick lang hielten sie sich eng umschlungen.

Als Consuelo und ihre Mutter die Pension erreichten, stand das Dienstmädchen Maria beim Springbrunnen und schaute ins Wasser. Der Reisende und Señorita Córdoba saßen plaudernd zusammen.

»Interessiert die Liebe Sie denn nicht?« fragte der Reisende gerade.

»Nein…, nein«, antwortete Señorita Córdoba. »Das Leben in der Stadt, die Arbeit, das Theater…« Letzteres klang etwas halbherzig.

»Das ist komisch«, sagte der Reisende. »In meinem Land interessieren sich die meisten jungen Mädchen für die Liebe. Natürlich gibt es einige, die an einer Karriere interessiert sind, am Erfolg im Geschäftlichen oder auf der Bühne. Aber ich habe gehört, daß selbst diese Frauen im Grunde ihres Herzens ein Heim haben wollen mit allem, was dazugehört.«

»So?« fragte Señorita Córdoba.

»Aber ja«, sagte der Reisende. »Hoffen Sie nicht auch im Grunde Ihres Herzens immer, daß eines Tages der Richtige kommt?«

»Nein..., nein..., nein. Sie denn?« fragte sie zerstreut.

»Wer? Ich? Nein.«

»Nein?«

Er hatte noch nie mit einer Frau gesprochen, die derart geistesabwesend war.

»Schauen Sie mal, Señoras«, sagte Maria zu Consuelo und ihrer Mutter. »Schauen Sie, was da im Springbrunnen herumtreibt! Was ist das bloß?«

Consuelo beugte sich über das Bassin und stocherte ein wenig darin herum. Auf einmal zog sie das rosa Korsett ihrer Mutter heraus.

»Aber Mamá«, sagte sie, »das ist ja dein Korsett.«

Señora Ramirez untersuchte das nasse Korsett. Es war voller Schlamm vom Boden des Springbrunnens. Sie ging zu einem Stuhl und setzte sich, das Gesicht in den Händen vergraben. Sie wiegte sich vor und zurück und schluchzte ganz leise. Señora Espinoza trat aus ihrem Zimmer.

»Meine Schwester Lilina hat es in den Springbrunnen geworfen«, verkündete Consuelo den Anwesenden.

Señora Espinoza sah auf das Korsett.

»Das läßt sich in Ordnung bringen. Das läßt sich in Ordnung bringen«, sagte sie, ging zu Señora Ramirez und legte den Arm um sie.

»Hören Sie, meine Freundin. Meine liebe kleine Freundin. Warum gehen Sie nicht zu Bett und schlafen etwas? Morgen können Sie dran denken, es reinigen zu lassen.«

»Wie kann man das ertragen? Ach, wie soll man das nur ertragen?« klagte Señora Ramirez, Kummer in den schönen Augen. »Manchmal«, sagte sie mit zitternder Stimme, »habe ich nicht mehr Kraft als ein Spatz. Ich würde meine Kinder gern in alle vier Himmelsrichtungen jagen und schlafen und schlafen und schlafen.«

Als Consuelo das hörte, sagte sie in sanftem Ton: »Warum tust du es dann nicht, Mamá?«

»Sie sind wie zwei Dolche in meinem Herzen, verstehen Sie?« fuhr ihre Mutter fort.

»Nein, das sind sie nicht«, widersprach Señora Espinoza. »Sie sind Blumen, die Ihr Leben aufheitern.« Sie nahm die Brille ab und polierte die Gläser an ihrer Bluse.

»Dolche in meinem Herzen«, wiederholte Señora Ramirez.

»Essen Sie ein bißchen heiße Suppe«, drängte Señora Espinoza. »Maria macht Ihnen eine – ein Geschenk von mir –, und danach können Sie ins Bett gehen und das alles vergessen.«

»Nein. Ich glaube, ich möchte einfach hier sitzen bleiben, vielen Dank.«

»Mamá wird einen ihrer Anfälle bekommen«, sagte Consuelo zu dem Mädchen. »Das passiert manchmal. Sie wird wie ein Kind, statt wütend zu werden, und es ist ihr egal, was sie ißt oder wann sie schlafen geht. Sie sitzt nur so auf einem Stuhl oder läuft herum, und ihr Gesicht sieht ganz anders aus als sonst.« Das Mädchen nickte, und Consuelo ging schlafen.

»Ich habe französisches Blut«, sagte Señora Ramirez zu Señora Espinoza. »Ich bin deshalb sehr empfindsam – zu empfindsam für meinen Mann.«

Señora Espinoza schien durch das Bekenntnis ihrer Freundin beunruhigt zu sein. Sie hatte keinerlei Interesse an Tratsch oder an dem, was Leute über ihr Leben zu erzählen hatten. Señora Ramirez kam sie wie ein Mann vor, und sie hatte oftmals Träume von Señora Espinoza, in denen diese zu einem Mann wurde.

Der Reisende amüsierte sich bestens.

»Hol's der Kuckuck!« sagte er. »Das alles wegen eines alten Korsetts. Manche Leute haben scheint's nichts Ernsthaftes zu denken auf der Welt. Komisch ist das allerdings schon, komisch wie eine Horde Affen.«

Señorita Córdoba fand das gar nicht komisch. »Schlimm ist das«, sagte sie, »einfach schlimm, daß das Korsett ruiniert ist. Was tun Sie hier in diesem Land?«

»Ich kaufe Textilien. Zumindest habe ich das getan, und jetzt mache ich gerade einen Kurzurlaub hier, bis das nächste Schiff in die USA fährt. Irgendwie fehlt mir meine Familie, und ich bin ganz kribbelig heimzukommen. Ich verstehe nicht, was einem das Reisen eigentlich bringt.«

»O doch. Gewiß verstehen Sie das«, sagte Señorita Córdoba höflich. »Wenn Sie mich jetzt entschuldigen, ich gehe hinein, um eine Skizze anzufertigen. Ich darf nicht vergessen, wie man das macht, in diesem bäurischen Land.«

»Was sind Sie, Künstlerin?« fragte er.

»Ich entwerfe Kleider.« Sie verschwand.

›Mein Gott!‹ dachte der Reisende, nachdem sie weg war. ›Hier sitz ich nun, allein gelassen und überhaupt nicht müde. Dieser leere Patio ist so öd und uninteressant, und was Señorita Córdoba angeht, die ist ein Eisberg. Ich mag allerdings ihren Hals. Sie hat einen Schwanenhals, so lang und weiß und schlank, genau die Art von Hals, die man sich bei einem Mädchen erträumt. Aber sie ist mehr Jungfrau als Schwan.‹ Er wandte sich um und bemerkte, daß Señora Ramirez noch immer auf ihrem Stuhl saß. Er nahm seinen eigenen Stuhl und trug ihn hinüber zu dem ihren.

»Sie gestatten?« fragte er. »Ich sehe, Sie haben sich entschlossen, ein bißchen Nachtluft zu schnappen. Das ist keine schlechte Idee. Mir ist auch nicht danach zumute, schlafen zu gehen.«

»Nein«, sagte sie. »Ich möchte nicht schlafen gehen. Ich bleibe hier sitzen. Ich habe es gern, nachts draußen zu sitzen, nur warm angezogen muß ich sein, und zu den Sternen hinaufzuschauen.«

»Ja, das macht einen friedlich in der Seele«, sagte der Reisende. »Die Menschen heutzutage würdigen das nicht genug.«

»Würden Sie nicht liebend gern nach Italien fahren?« fragte Señora Ramirez. »Die Obstbäume und die Blumen sind dort herrlich in der Nacht.«

»Aber Sie haben doch hier genug Obstbäume und Blumen, meine ich. Warum wollen Sie da nach Italien reisen? Ich wette, da gibt es längst nicht so viele Sorten von Obstbäumen wie hier.«

»Nein? Haben Sie viele Blumen in Ihrem Land?«

Der Reisende war sich nicht sicher.

»Ich würde wirklich gern woanders sein«, fuhr Señora Ramirez fort, »in Ihrem Land oder in Italien. Ich möchte irgendwo sein, wo das Leben schön ist. Mir macht es sehr viel aus, ob das Leben schön ist oder häßlich. Den Menschen, die hier leben, ist das ziemlich egal. Weil sie nicht denken.« Sie legte den Finger auf die Stirn. »Ich liebe schöne Dinge: schöne Häuser, schöne Gärten, schöne Lieder. Als junges Mädchen war ich richtig wild vor Glück – dies und das tun, nachdenken, hierhin und dorthin rennen. Ich war so glücklich, daß meine Mutter Angst hatte, ich würde hinfallen und mir das Bein brechen oder mir könnte sonst was passieren. Sie war eine sehr fromme Frau, aber als junges Mädchen kam es mir nicht in den Sinn, an so was zu denken. Ich war jeden Morgen als allererste auf, außer den Indianern, und jeden Morgen ging ich mit ihnen zum Markt, um für alle Häuser einzukaufen. Jahrelang habe ich das gemacht. Selbst als ich ganz klein war. Mir fiel alles sehr leicht. Ich habe schrecklich gern Englisch gelernt. Ich hatte einen Lehrer, und ich flehte meinen Vater auf Knien an, den Lehrer doch jeden Tag ein bißchen länger dableiben zu lassen. Ich spazierte in den Parks herum, wenn meine Geschwister schliefen. Meine Augen waren so groß.« Sie machte mit Daumen und Zeigefinger einen Kreis. »Und funkelten wie zwei Diamanten, ich war die ganze Zeit so aufgeregt.« Sie schlug mit geballter Faust in die Luft. »So etwa«, sagte sie. »Wie ein Sturm. Meine Schwestern nannten mich die wilde Sofía. In der Zeit, wo sie mich die wilde Sofía nannten, war ich in meinen Onkel Aldo Torres verliebt. Er war früher recht selten zu uns gekommen, aber ich hörte, wie meine Mutter sagte, daß er kein Geld mehr hätte und wir ihn durchfüttern würden. Wir waren sehr reich und wurden mit jedem Jahr reicher. Er tat mir ungeheuer leid, und ich dachte ständig an ihn. Wir verliebten uns ineinander und herzten und küßten uns, wenn niemand da war, der uns sehen konnte. Ich hätte mit ihm in einer Strohhütte gelebt. Er heiratete eine Frau, die etwas Geld hatte und die ihn auch sehr liebte. Als er verheiratet war, wurde er fett und fing an, meinem Vater jede Menge Witze zu erzählen. Ich freute mich für ihn, daß er jetzt reicher war, aber ich selbst war ganz schön traurig. Dann heiratete Juanita, meine älteste Schwester, einen stinkreichen Mann. Wir waren alle überglücklich, und es gab eine Riesenhochzeit.«

»Das muß Ihnen doch das Herz gebrochen haben, daß Ihr Onkel Aldo sich mit einer anderen davongemacht hat, wo Sie so enge Freunde waren, als er arm war.«

»Oh, ich habe ihn recht gern gehabt«, sagte sie. Ihr Gedächtnis schien sie mit einem Mal im Stich gelassen zu haben, und sie hatte offensichtlich keine Lust mehr, über die Vergangenheit zu sprechen. Der Reisende war verwirrt.

«Ich würde gern reisen«, fuhr sie fort, »ungemein gern, und ich stelle mir vor, wie herrlich es wäre, das Leben einer Schauspielerin zu führen, ohne Kinder. Wissen Sie, das ist meine Natur, Männer lieben und Männer küssen.«

»Niemand kriegt so viele Küsse, wie er sich wünscht«, sagte der Reisende. »Die meisten Menschen fühlen sich zu kurz gekommen. Sie wären überrascht über die Zahl von Menschen in meinem Land, die zu kurz gekommen sind und gleichzeitig gut aussehen.«

Sie wandte ihm das Gesicht zu. Die kleine Glühbirne gab gerade genug Licht, daß er in ihre schönen Augen sehen konnte. Die Tränen hingen noch in den Wimpern und vergrößerten ihre Augen so sehr, daß sie fast doppelt so groß wie sonst erschienen. Während sie ihn anblickte, hielt sie den Atem an.

»Ach, mein Liebster«, sagte sie plötzlich. »Ich möchte mich nicht von Ihnen trennen. Gehn wir irgendwohin, wo ich Sie in meinen Armen halten kann.« Der Reisende fühlte sich erregt. Sie hatte seine Hand ergriffen und drückte sie heftig.

»Wohin möchten Sie denn?« fragte er töricht.

»In Ihr Bett.« Sie machte die Augen zu und wartete auf seine Antwort.

»Gut. Sind Sie ganz sicher?«

Sie nickte lebhaft mit dem Kopf.

›Das hier‹, sagte er sich, ›ist zweifellos eines der Dinge, an die man am nächsten Morgen nicht erinnert sein will. Ich werde es abschütteln wollen wie ein Hund das Wasser von seinem Rücken. Aber was kann ich tun? Es ist schon zu weit gediehen. Ich fahre ja bald nach Hause, und das Ganze wird nichts anderes sein als eine Seifenblase unter vielen anderen.‹

Er fühlte sich animiert und konnte sich das nicht erklären, denn er hatte nichts getrunken.

›Eine Seifenblase unter vielen anderen‹, wiederholte er. Sein Innenleben war ziemlich unbestimmt, in der Regel aber gut unter Kontrolle. Zusammen gingen sie auf sein Zimmer.

»Ah«, sagte Señora Ramirez, nachdem er die Tür geschlossen hatte, »das macht mich glücklich.«

Sie ließ sich seitlich aufs Bett fallen, wie erschlagen. Ihre Füße ragten in die Luft, und ihr Keuchen erfüllte das Zimmer. Ihm wurde bewußt, daß er noch nie zuvor jemanden gesehen hatte, der sich so benahm, es sei denn völlig besoffen, und er wußte nicht, was er tun sollte. Gemessen an seinen eigenen Ansprüchen und denen seiner Freunde war sie keine Person, mit der man sich gern hinlegen wollte.

Sie nestelte im Nacken ihr Kleid auf. Die Brosche, mit der der Kragen zusammengehalten wurde, steckte sie hinter sich ins Kissen.

»So viel Fett«, sagte sie, »so viel Fett.« Sie lächelte ihn sehr zärtlich an. Das erregte ihn aus irgendeinem Grund, und er zog sich aus und legte sich neben sie ins Bett. Er war kalt wie ein Fisch und spindeldürr, aber da sie eine wahrhaft leidenschaftliche Frau war, bemerkte sie weder das eine noch das andere.

»Wollen Sie das hier wirklich zu Ende bringen?« fragte er, denn es war ihm unmöglich, neue Worte für eine Situation zu finden, die so grundverschieden war von allem, was er bisher erlebt hatte. Sie ließ sich auf ihn fallen und berührte sein Gesicht und seinen Hals, fieberhaft vor Erregung.

»Mein Gott!« sagte sie. »Mein Gott!« Sie waren mitten im Liebesakt. »Zwanzig Jahre lang habe ich für diesen Augenblick gelebt, und ich kann mir nicht vorstellen, daß der Himmel herrlicher sein kann.«

Der Reisende bekam von dieser Bemerkung nicht viel mit. Sein Gesicht war im Kissen vergraben, und er fühlte inmitten seiner Lust Gewissensbisse. Als alles vorbei war, sagte sie: »Das und nichts anderes möchte ich ständig tun.« Sie streichelte seine Hände und lächelte ihn an.

»Sind Sie auch glücklich?« fragte sie.

»Ja, gewiß«, sagte er. Er verließ das Bett und ging auf den Patio hinaus.

›Sie war bestimmt in einer schlechten Verfassung‹, dachte er. ›Es war fast wie der Tod.‹ Er wollte nicht weiter darüber nachdenken. So lange wie möglich blieb er draußen beim Springbrunnen. Als er zurückkam, stand sie vor dem Kommodenspiegel und versuchte, ihr Haar in Ordnung zu bringen.

»Ich schäme mich, so wie ich aussehe«, sagte sie. »Ich sehe nicht so aus, wie ich mich fühle.« Sie lachte, und er sagte ihr, daß sie bestens aussehe. Sie zog ihn wieder aufs Bett herab. »Schicken Sie mich nicht auf mein Zimmer zurück«, sagte sie. »Ich liebe es, hier bei dir zu sein, mein Schatz.«

Als der Reisende am nächsten Morgen aufwachte, dämmerte es schon. Señora Ramirez lag noch neben ihm und schlief laut schnarchend. Ihr Arm lag hinter ihrem Kopf auf dem Kissen.

›Du lieber Himmel‹, sagte der Reisende vor sich hin. ›Nichts wie raus hier.‹ Er schüttelte sie mit aller Kraft.

»Mrs. Ramirez«, sagte er, »Mrs. Ramirez, wachen Sie auf. Wachen Sie auf!« Als sie schließlich die Augen aufschlug, sah sie zu Tode erschrocken aus. Sie wandte sich ihm zu und starrte ihn eine Weile bestürzt an. Noch bevor er eine Änderung ihres Gesichtsausdrucks feststellen konnte, fuhr sie mit der Hand leicht über seinen Körper.

»Mrs. Ramirez«, sagte er. »Ich mache mir Sorgen, daß vielleicht Ihre Töchter aufstehn und Krach schlagen könnten. Sie wissen doch, nach Ihnen jammern oder sonstwas tun. Ihr Platz ist vermutlich bei ihnen.«

»Was?« fragte sie. Er hatte sich von ihr weg auf die andere Seite des Bettes gedreht.

»Ich möchte damit sagen, daß Sie jetzt, wo es hell ist, in Ihr Zimmer gehen sollten.«

»Ja, mein Liebling. Ich gehe auf mein Zimmer. Sie haben recht.« Sie schlängelte sich zu ihm hinüber und legte die Arme um ihn.

»Ich sehe Sie später im Speisesaal und werde Sie anschauen und anschauen, weil ich Sie so sehr liebe.«

»Seien Sie nicht verrückt«, sagte er. »Sie wollen doch nicht, daß man in Ihrem Gesicht lesen kann. Sie wollen doch nicht, daß die Leute etwas davon ahnen. Wir müssen ganz kühl miteinander sein.«

Sie legte die Hand aufs Herz.

»Ay!« sagte sie. »Ganz unmöglich.«

»Aber Mrs. Ramirez. Bitte, seien Sie vernünftig. Hören Sie, Sie gehen auf Ihr Zimmer, und wir sprechen am Morgen darüber... oder zumindest später am Tag.«

»Kühl kann ich nicht sein.« Um das zu verdeutlichen, blickte sie ihm tief in die Augen.

»Ich weiß, ich weiß«, sagte er. »Sie sind eine sehr leidenschaftliche Frau. Bei Gott! Wir sind ja auch in einem wahnwitzigen Spanierland.«

Er sprang aus dem Bett, und sie folgte ihm. Nachdem sie die Schuhe angezogen hatte, brachte er sie zur Tür.

»Auf Wiedersehn«, sagte er.

Sie bettete eine Wange auf beide Hände und schaute zu ihm auf. Er schloß die Tür.

Sie war zu glücklich, um gleich schlafen zu gehen, und so trat sie an die Kommode, nahm ein speckig gewordenes Madonnenfigürchen aus Zucker in die Hand und brach es in drei Stücke. Sie ging zu Consuelo hinüber und schüttelte sie heftig. Consuelo schlug die Augen auf und fragte nach einer Weile mürrisch, was denn los sei. Señora Ramirez stopfte ihrer Tochter das Zuckerzeug in den Mund.

»Iß, Liebling«, sagte sie. »Das ist die kleine Madonna von der Kommode.«

»Ay, Mamá!« seufzte Consuelo. »Wer weiß, was du als nächstes vorhast? Es ist schon hell draußen, und du hast immer noch dein Kleid an. Ich bin sicher, es gibt keine andere Mutter auf der ganzen Welt, die jetzt noch angezogen ist. Bitte, zwing mich jetzt nicht, mehr von der Madonna zu essen. Morgen eß ich mehr davon. Aber es ist ja schon ›morgen‹, nicht? Was für ein Durcheinander. Ich mag das nicht.« Sie schloß die Augen und versuchte zu schlafen. Auf ihrem Gesicht war ein Ausdruck von starkem Widerwillen. Der Anfall ihrer Mutter erschreckte sie diesmal ein wenig.

Señora Ramirez ging nun auch zu Lilinas Bett hinüber und weckte sie. Lilina riß die Augen weit auf und erstarrte auf der Stelle, denn sie glaubte, sie werde wegen des Korsetts ausgeschimpft und weil sie nach Anbruch der Dunkelheit noch allein ausgegangen war.

»Hier, mein Kleines«, sagte ihre Mutter. »Iß ein Stückchen von der Madonna.«

Lilina war entzückt. Sie aß das fade Zuckerwerk und tätschelte ihren Bauch, um zu zeigen, wie zufrieden sie war. Die Schlange schlief in der Schachtel nahe bei ihrem Bett.

»Jetzt erzähl mir mal«, sagte ihre Mutter, »was hast du heute gemacht?« Sie hatte die Geschichte mit dem Korsett völlig vergessen. Lilina war außer sich vor Freude. Sie strich mit den Fingern an den Lippen ihrer Mutter entlang und steckte sie ihr danach in den Mund. Señora Ramirez schnappte nach ihnen wie ein Hund. Dann lachte sie schallend.

«Mamá, bitte sei still«, flehte Consuelo. »Ich möchte schlafen.«

»Ja, mein Liebling. Gleich ist es ruhig, so daß du ungestört schlafen kannst.«

»Ich habe eine Schlange gekauft, Mamá«, sagte Lilina.

»Fein!« rief Señora Ramirez aus. Und nachdem sie ein bißchen vor sich hingeträumt hatte, wobei sie die Hand ihrer Tochter in der ihren hielt, ging sie zu Bett.

Señora Ramirez machte sich in ihrem Zimmer zurecht und sprach mit ihren Kindern.

»Ich möchte, daß ihr eure Sonntagskleider anzieht«, sagte sie, »ich werde nämlich den Reisenden einladen, mit uns zu Mittag zu essen.«

Consuelo war mittlerweile in den Reisenden verliebt und furchtbar eifersüchtig auf Señorita Córdoba, die – zu diesem Schluß war sie gekommen – seine Geliebte sein mußte. »Ich glaube allerdings, daß er bereits Señorita Córdoba aufgefordert hat, mit ihm zu essen«, sagte sie.

»Beinah seit heut früh schon sitzen sie am Springbrunnen und reden miteinander.«

»Santa Catarina!« rief ihre Mutter aufgebracht. »Du hast den Blick eines Irren, der Blumen sieht, wo nur Kuhfladen sind.« Sie legte sich eine dicke Schicht Puder aufs Gesicht, deutlich violett im Ton, und hüllte ihre Schultern in einen grünen Chiffonschal, an den sie eine Brosche in Form eines Golfschlägers steckte. Dann gingen sie und die Mädchen, die in rosa Satin gekleidet waren, auf den Patio hinaus und setzten sich in den Schatten. Der Papagei schaukelte auf seiner Stange vor und zurück und sang. Señora Ramirez sang mit ihm; ihre Stimme war ein wenig tiefer als die des Papageis.

Pastores, pastores, vamos a Belén
A ver a María y al niño también.

Sie dirigierte den Papagei mit der Hand. Die alte Señora, die Mutter von Señora Espinoza, drehte im Patio ihre Runden. Sie blieb einen Augenblick lang stehen und spielte mit Señora Ramirez' Muschelarmband.

»Möchten Sie was Süßes?« fragte sie Señora Ramirez.

»Ich kann nicht. Mein Bauch tut arg weh.«

»Möchten Sie was Süßes?« wiederholte sie. Señora Ramirez lächelte und schaute zum Himmel hinauf. Die alte Dame tätschelte ihre Wange.

»Schön«, sagte sie. »Sie sind schön.«

»Mamá!« schrie Señora Espinoza und rannte aus ihrem Zimmer. »Komm schlafen!«

Die alte Dame klammerte sich wie ein kräftiger Vogel an die Querleiste von Señora Ramirez' Stuhl, und ihre Tochter war gezwungen, ihre Hände aufzustemmen, bevor sie sie wegziehen konnte.

»Tut mir leid, Señora Ramirez«, sagte sie. »Aber wenn man alt wird, Sie wissen ja, wie das ist.«

»Ziemlich schlimm«, sagte Señora Ramirez. Sie schaute auf den Reisenden und Señorita Córdoba. Sie hatten ihr den Rücken zugekehrt.

»Lilina«, sagte sie. »Geh zu ihm und lad ihn ein, mit uns zu Mittag zu essen... geh schon. Nein, ich will's aufschreiben. Bring mir Papier und Feder.«

»Lieber«, schrieb sie, als Lilina zurück war. »Wollen Sie heute an meinem Tisch zu Mittag essen? Die Mädchen werden auch dabei sein. Wir alle drei drücken Ihnen unsere tiefe Zuneigung aus. Ich sage Consuelo, daß sie dem Mädchen Bescheid gibt, sie soll die Gedecke alle auf einen Tisch decken. Hochachtungsvoll, Sofía Piega de Ramirez.«

Der Reisende las das Briefchen, willigte ein, und kurz darauf saßen sie alle zusammen an einem Tisch.

›Also, das ist wirklich seltsamer als im Roman‹, sagte er sich. ›Hier sitze ich mit diesen Leuten an ihrem Tisch und habe das Gefühl, als wäre ich schon mein Leben lang hier, und in Wahrheit bin ich alles in allem gerade 14 oder 15 Stunden in dieser Pension – nicht mal einen Tag. Gestern kam es mir noch vor wie auf einer Kafferninsel, so deprimiert war ich. Das menschliche Tier ist doch das komischste von allen.‹

Señora Ramirez hatte es arrangiert, dicht neben dem Fremden zu sitzen, und preßte, während sie die Suppe aß, die ganze Zeit ihren Schenkel an den seinen. Der Reisende hatte keinen besonderen Appetit. Er war aufgeregt, und ihm war nach reden zumute.

Nach dem Mittagessen entschied sich Señora Ramirez, einen Spaziergang zu machen, statt mit ihren Töchtern

Siesta zu halten. Sie zog ihre Handschuhe an und nahm einen Schirm mit, um sich vor der Sonne zu schützen. Nachdem sie eine Weile gegangen war, kam sie zu einer langen Straße, die, abgesehen von ein paar Ruinen und einigen schönen hohen Bäumen am Wegrand, öd und leer war. Sie schaute sich um und schüttelte den Kopf bei dem Gedanken an das schreckliche Erdbeben, das diese Stadt, die einst als die schönste in der ganzen westlichen Hemisphäre gegolten hatte, bis auf den Grund zerstörte. Sie konnte vor sich am Ende der Straße den Vulkan Fuego sehen. Sie machte ein Kreuzzeichen und biß sich auf die Lippen. Sie war mit der Absicht spazierengegangen, von ihrem Geliebten zu träumen, aber der Gedanke an diesen Vulkan, der vor vielen Jahrhunderten ausgebrochen war, verscheuchte all ihre Träume von der Liebe. Sie stellte sich vor, wie die Hausmauern einstürzten und die Dächer den Babies auf die Köpfe fielen... und die Mütter voller Verzweiflung mit verdreckten Röcken durch die Straßen rannten.

›Die Unschuldigen‹, sagte sie zu sich. ›Gott hatte bestimmt einen schwerwiegenden Grund dafür, aber welcher könnte das bloß gewesen sein? *Santa María*, welcher könnte das gewesen sein! Sollte je wieder so ein Durcheinander auf der Erde herrschen, würde ich dastehen wie ein hilfloser Idiot mit weichen Knien.‹

Sie schaute erneut auf den Vulkan vor ihr, und obwohl sich nichts verändert hatte, schien es ihr, als hätte sich eine Wolke vor die Sonne geschoben.

›Du bist verrückt‹, redete sie weiter mit sich, ›wenn du glaubst, daß noch mal ein Erdbeben diese Stadt dem Boden gleich machen wird. Dir wird erspart bleiben, wovon diese Frauen heimgesucht wurden, denn jetzt ist alles ganz anders. Gott schickt nicht mehr so schwere Heimsuchungen wie die weltweite Sintflut oder die Landplagen.‹

Sie dankte ihrem guten Stern, daß sie jetzt lebte und nicht damals. Der Gedanke an die Frauen, die gezwungen waren, vor der Zeit zu leben, in der sie selbst geboren war, machte sie ganz schwach. Auch die Zukunft, hatte sie gehört, sollte sehr stürmisch werden, wegen kommender Kriege.

›Ay!‹ sagte sie. ›Abgründe, wohin ich blicke!‹ Es war doch keine so gute Idee gewesen, einen Spaziergang zu machen. Sie dachte wieder an den Reisenden und schloß dabei die Augen.

»Mi amante! Amante querido!« flüsterte sie; und ihr fielen die Bändchen ein mit den Goldbuchstaben auf dem Einband, Bücher über die Liebe, die sie als junges Mädchen gelesen hatte, noch ohne die Last einer Familie. Diese Bändchen hatten ihr die Fähigkeit, lesen zu können, als die herrlichste Gabe erscheinen lassen, aller Mühe wert. Sie hatten natürlich nie die gewöhnlicheren Seiten der Liebe zur Sprache gebracht, aber in späteren Jahren fand sie es keineswegs ungewöhnlich, daß sich die Helden und Heldinnen gerade nach den körperlichen Wonnen verzehrt hatten. Es war ihr nie sonderlich schwer gefallen, Blumensträußchen und Verse mit den gröberen Erscheinungsweisen der Liebe zu verbinden.

Sie bog in eine andere Straße ein, um nicht ständig dem Anblick des Vulkans ausgesetzt zu sein. Sie dachte an den Reisenden, ohne wirklich an ihn zu denken. Ihre Augen strahlten vor Freude, verliebt zu sein, und sie kam zu dem Ergebnis, daß es richtig dumm von ihr gewesen war, über ein Erdbeben nachzusinnen, wo doch Gott sie an ebendiesem Tag auf Rosen bettete.

»Danke. Danke«, flüsterte sie Ihm leise zu, »von ganzem Herzen. Ah!« Sie strich sich das Kleid über dem Busen glatt. Sie fand auf einmal alles wunderbar. In einiger Entfernung bemerkte sie ein langgestrecktes, etwas verfallenes Kloster, vor dem einige Jungen spielten. Ganz in der Nähe stand auch ein kleiner Pavillon. Es leuchtete nicht ganz ein, warum er sich gerade an diesem Ort befand, wo es keine Parkanlage gab, weder Bäume noch Rasen – nur Dreck und ein paar Büsche. Der Pavillon hatte das seltsam statische Aussehen eines Schiffes, das auf Grund gelaufen ist. Señora Ramirez sah angewidert hin; alles in allem ein bescheidener Pavillon, der unbedingt einen Anstrich brauchte. Aber da sie sich müde fühlte, stieg sie unverzüglich das baufällige Treppchen hinauf, rot vor Angst im Gesicht, daß sie einbrechen und hinabstürzen könnte. Sie breitete eine Zeitung über die Bank und setzte sich. Bald schon war es mit ihren Liebesträumen aus, und sie fühlte sich mißmutig und erhitzt. Bei dem Gedanken, den ganzen Weg nach Hause laufen zu müssen, bewegte sie die Füße ungeduldig hin und her. Staub wirbelte auf und zwang sie, sich ein Taschentuch vor den Mund zu halten.

›Ich wünsch mir bei Gott, er würde kommen und mich aus diesem Pavillon heraustragen.‹ Sie saß müßig da und schaute den Jungen zu, die vor dem Kloster im Dreck spielten. Einer davon war ein gutes Stück größer als die anderen. Während sie ihnen so beim Spielen zuschaute, fiel ihr Kopf nach vorn, und sie nickte ein.

Da keine Touristen kamen, entschlossen sich die kleineren Jungen, zum Hauptplatz zu gehen und die Busse abzufangen, um dort ihre Bonbons und ihre Ansichtskarten zu verkaufen. Der Älteste verkündete, daß er nicht mitkommen werde.

»Du bist ja verrückt«, meinten sie. »Total verrückt.«

Er blickte sie hochmütig an und sagte nichts. Sie rannten die Straße hinunter und schrieen, daß sie tausend *Quetzales* verdienen würden.

Der Älteste war zurückgeblieben, weil er schon seit geraumer Zeit bemerkt hatte, daß jemand im Pavillon war. Er wußte, selbst von seinem Platz aus, daß es eine Frau war, denn er konnte ihr Kleid sehen, und das war buntfarbig wie ein Blumengarten. Sie saß bereits seit langem da, und er fragte sich, ob sie vielleicht tot sei.

›Wenn sie tot ist‹, dachte er, ›werde ich ihre Leiche den ganzen Weg bis zur Stadt tragen.‹ Die Vorstellung erregte ihn, und er näherte sich dem Pavillon mit angehaltenem Atem. Er ging hinein und beugte sich über Señora Ramirez, aber als er sah, daß sie ziemlich alt und fett und offensichtlich ein recht wohlhabendes Familienoberhaupt war, bekam er Angst, und die Phantasie verließ ihn. Er dachte daran, wegzugehen, überlegte es sich dann aber anders und rüttelte an ihrem Fuß. Nichts passierte. Ihr Mund, der offengestanden hatte, blieb offen, sie schlief weiter. Der Junge nahm ein ordentliches Stück Fleisch ihres Oberarmes zwischen Daumen und Zeigefinger und zwirbelte es kräftig. Sie erwachte mit einem Schaudern und blickte verwirrt zu dem Jungen auf.

Seine Augen waren sanft.

»Ich habe Sie geweckt«, sagte er, »weil ich nach Hause gehen muß und Sie hier nicht sicher sind. Vorhin war da ein Mann hier im Musikpavillon, der hat versucht, unter Ihren Rock zu schauen. Wenn man schläft, wissen Sie, werden die Leute richtig wild. Es waren auch ein paar Betrunkene da, die ein unanständiges Lied gesungen haben, sie sind da draußen gestanden, direkt unter Ihnen. Sie hätten rote Ohren gekriegt, wenn Sie's gehört hätten. Können Sie mir glauben.« Er zuckte mit den Schultern und spuckte auf den Boden. Seine Miene verriet heftigsten Widerwillen.

»Was ist los?« fragte Señora Ramirez.

»Bah! Diese Stadt macht mich krank. Ich möchte gern Zimmermann in der Hauptstadt sein, aber das geht nicht. Meine Mutter wäre dann ganz allein. Alle meine Brüder und Schwestern sind tot.«

»Ay!« sagte Señora Ramirez. »Wie traurig für dich! Ich habe ein schönes Haus in der Hauptstadt. Vielleicht würde dir mein Mann dort Arbeit als Zimmermann geben, wenn du nicht bei deiner Mutter bleiben müßtest.«

Die Augen des Jungen leuchteten auf.

»Ich gehe zurück mit Ihnen«, sagte er. »Mein Onkel ist bei meiner Mutter.«

»Ja«, sagte Señora Ramirez. »Vielleicht klappt es.«

»Meine Freundin ist in der Stadt«, fuhr er fort. »Sie hat früher hier gewohnt.«

Señora Ramirez nahm die langfingerige Hand des Jungen in die ihre. Das Wort ›Freundin‹ hatte vieles in ihr wachgerufen.

»Setz dich, setz dich«, sagte sie. »Setz dich hier neben mich. Ich habe auch einen Freund. Er ist jetzt auf seinem Zimmer.«

»Wo arbeitet er?«

»In den Vereinigten Staaten.«

»Wie schön für Sie! Meine Freundin allerdings würde ihn nicht mehr lieben als mich. Sie will mich oder sonst den Tod. Das sagt sie immer, wenn ich sie frage. Ihnen würde sie haargenau dasselbe sagen, wenn Sie mit ihr über mich sprächen. Das ist die reine Wahrheit.«

Señora Ramirez zog ihn zu sich auf die Bank. Er war verwirrt und schaute über seine Schulter zur Straße. Sie strich leicht über seinen Handrücken und lächelte kokett zu ihm hoch. Der Junge sah sie an, sein Gesichtsausdruck schien weicher zu werden.

»Sie haben blaue Augen«, sagte er.

Señora Ramirez konnte keine Sekunde länger warten. Sie nahm seinen Kopf in ihre Hände und küßte ihn mehrmals voll auf den Mund.

«Oh, mein Gott!« sagte sie. Der Junge war hingerissen von ihrer eleganten Kleidung, ihren blauen Augen und ihrer Weiblichkeit. Er umarmte Señora Ramirez mit echter Zärtlichkeit.

»Ich liebe Sie«, sagte er. Tränen stiegen ihm in die Augen, und vor überströmender Dankbarkeit und Zuneigung fügte er hinzu: »Ich liebe meine Freundin, und ich liebe auch Sie.«

Er half ihr die Stufen des Pavillons hinab, und den Arm um ihre Taille gelegt, führte er sie zu einer abgelegenen Stelle auf dem Klostergelände.

Der Reisende lag auf seinem Bett und wurde von Schuldgefühlen geplagt. Er hatte die Nacht wieder mit Señora Ramirez verbracht und fragte sich, ob seine Mutter das wohl bei seiner Rückkehr in seinen Augen lesen könnte. Er hatte dergleichen noch nie zuvor gemacht. Bisher war er in seinem Verhalten nie vom Üblichen abgewichen, und er kam sich wie ein Monster mit zwei Köpfen vor, als wäre er irgendwie aus der realen Welt in eine andere Welt hineingeschlüpft, in eine Welt, von der er als kleiner Junge immer geglaubt hatte, sie sei bewohnt von Meuchelmördern, Waisen und Kindern, deren Mütter zur Arbeit gingen. Er schlug die Hände vors Gesicht und überlegte sich, ob er Señora Ramirez wohl jemals vergessen könnte. Er erinnerte sich, gelesen zu haben, daß die Karrieren vieler Männer von Frauen ruiniert worden waren, die ihnen das Entkommen unmöglich machten, da sie die Männer mit ihrem Körper gewissermaßen umklammert hielten. Diese Frauen, das wußte er, waren stets schlecht und nie Amerikanerinnen. Und sie glichen auch nicht Señora Ramirez, dessen war er sich sicher. Es war furchtbar, etwas getan zu haben, von dem er mit Gewißheit sagen konnte, daß keiner seiner Freunde es je vor ihm getan hatte, noch, daß ihm einer je darin nacheifern würde. Diese Erfahrung, das war ihm klar, mußte ein Geheimnis bleiben, und nichts machte ihn elender, als ein Geheimnis zu haben. Er stellte sich gern vor, daß er und die Gruppe von Männern, die er als seine Freunde betrachtete, frei über alles sprachen, was ihnen am Herzen lag. Er hatte begonnen, auch mit Frauen auf diese freie Art und Weise zu reden – er führte lange Gespräche mit ihnen und drängte seine Freunde, das auch zu tun. Es wurde ihm bewußt, daß er und Señora Ramirez niemals miteinander sprachen, und das erschreckte ihn. Er schauderte und dachte: ›Wir sind wie zwei Gorillas.‹

Er war, zugegeben, ein oder zwei Mal mit Prostituierten zusammengewesen, aber er hatte sie nie zu sich ins Bett genommen oder mehr als eine Stunde mit ihnen verbracht. Auch waren es blondgelockte amerikanische Mädchen gewesen, die ihm seine Freunde empfohlen hatten.

›Es ist doch sinnlos‹, sagte er sich, ›wenn ich mich ganz verrückt und nervös mache. Was geschehen ist, ist geschehen, und überhaupt könnte ich Gründe anführen, die mich entschuldigen: erstens bin ich in einem fremden Land, das mich irgendwie aus dem Gleichgewicht geworfen hat; zweitens habe ich exotisches Zeug gegessen, an das ich nicht gewöhnt bin, und bin in einer für mich ungewohnten Höhenlage; und drittens habe ich geschlagene drei Wochen nicht mit meinesgleichen gesprochen.‹

Er fühlte sich bedeutend besser, nachdem er diese entlastenden Punkte aufgezählt hatte, und fügte hinzu: ›Wenn ich erstmal auf dem Schiff bin, werde ich dem Hafen Lebwohl winken und von Glück reden, daß ich sie los bin, und wenn der Boss je wieder versucht, mich ins Ausland zu schicken, sag ich ihm: nicht für 'ne Million Dollar.‹ Er wünschte sich, er könnte die Pension wechseln, aber er hatte bereits für den Rest der Woche bezahlt. Er war ausgesprochen sparsam, was er auch notgedrungen sein mußte. Jetzt legte er sich wieder aufs Bett und war zufrieden mit sich, doch bald schon regten sich die Schuldgefühle von neuem, und wie ein altes Lasttier machte er sich mühselig wieder an die Arbeit der Selbstbeschwichtigung.

Lilina hatte Victoria in eine Schachtel gesteckt und ging mit ihr durch die Stadt. In der Nähe des Hauptplatzes gab es ein Textilwarengeschäft, das einer Jüdin gehörte. Lilina war einige Male mit ihrer Mutter dort gewesen, um Wolle zu kaufen. Sie kannte den Sohn der Inhaberin, den sie oft aufsuchte, um mit ihm zu plaudern. Er war sehr still, aber Lilina mochte ihn. Sie entschloß sich, jetzt auf der Stelle mit Victoria bei ihm vorbeizuschauen.

Als sie den Laden betrat, stand die Mutter des Jungen hinter der Theke und kennzeichnete einige alte Stoffballen mit purpurfarbener Tinte. Sie sah Lilina an und strahlte.

»Enrique ist im Patio. Wie nett, daß du ihn besuchen kommst. Warum tust du das nicht häufiger?« Sie war Lilina gegenüber sehr zuvorkommend, denn sie wußte genau, wie reich Señora Ramirez war, und war stolz darauf, sie zur Kundin zu haben.

Lilina ging zu der kleinen Tür, die auf den Patio hinter dem Laden führte, und öffnete sie. Enrique kauerte neben den Waschzubern im Schmutz. Überrascht bemerkte sie, daß sein Kopf bandagiert war. Aus der Entfernung wirkte der dreckige Verband wie ein weißer Turban.

Sie trat etwas näher heran und sah, daß er Murmeln hintereinander in eine Reihe legte.

»Guten Morgen, Enrique«, sagte sie.

Enrique erkannte ihre Stimme; ohne den Kopf zu wenden, begann er, langsam eine Murmel nach der anderen aufzuheben und in seine Tasche zu stecken.

Seine Mutter war Lilina in den Patio nachgefolgt. Als sie sah, daß Enrique sich weiterhin mit seinen Murmeln beschäftigte, statt aufzustehen und Lilina zu begrüßen, ging sie zu ihm hin und kniff ihn fest in den Arm.

»Laß die verdammten Murmeln in Ruh und red mit Lilina«, sagte sie zu ihm. Enrique stand auf und ging zu Lilina hinüber, während seine Mutter sich schwerfällig vorbeugte und den Rest der liegengebliebenen Murmeln einsammelte.

Lilina schaute auf den großen dunkelroten Fleck auf Enriques Verband. Sie gingen beide zurück in den Laden. Enrique hatte keine Lust, mit Lilina zusammenzusein. Er hatte tatsächlich ein bißchen Angst vor ihr. Wann immer sie ins Geschäft kam, konnte er es kaum erwarten, bis sie wieder ging.

Er nahm einen gemusterten Stoffballen und fing an, ihn abzurollen. Als er einige Meter Stoff vor sich hatte, folgte er mit dem Zeigefinger den Schlangenlinien des Musters. Lilina, die nicht begriff, daß seine Geste eine sorgsam kaschierte Beleidigung war, beobachtete ihn nicht ohne Interesse.

»Ich habe da etwas in dieser Schachtel«, sagte sie nach einer Weile.

Da Enrique die Schritte seiner Mutter näher kommen hörte, wandte er sich um und lächelte sie traurig an.

»Bitte, zeig's mir«, sagte er.

Sie hob den Deckel von der Schlangenschachtel und trug sie zu Enrique.

»Das ist Victoria«, sagte sie.

Enrique fand die Schlange schön. Er nahm sie aus ihrer Schachtel und hielt sie mit sehr festem Griff genau unter ihrem Kopf. Dann hob er den Arm, bis die Augen der Schlange in derselben Höhe waren wie seine eigenen.

»Guten Morgen, Victoria«, sagte er zu ihr. »Gefällt es dir hier im Laden?«

Diese Bemerkung ärgerte seine Mutter. Sie war ans andere Ende der Theke gehuscht, da die Schlange ihr Angst einflößte.

»Du redest, als wärst du betrunken«, sagte sie. »Die Schlange kann kein Wort von dem verstehen, was du sagst.«

»Sie ist wirklich schön«, sagte Enrique.

»Tun wir sie in die Schachtel zurück und gehn wir mit ihr auf den Platz«, sagte Lilina. Aber Enrique hörte sie nicht, so hingerissen war er davon, Victoria zu halten.

Wieder ergriff seine Mutter das Wort. »Hörst du nicht, was Lilina dir sagt?« schrie sie. »Oder hat dir der Verband auch gleich die Ohren verstopft?«

Diese Bemerkung sollte scharf und witzig sein, doch sie merkte selbst, daß sie völlig daneben ging.

»Geh schon mit dem kleinen Mädchen«, fügte sie hinzu.

Lilina und Enrique machten sich zusammen auf den Weg zum Platz. Lilina hatte Victoria zurück in ihre Schachtel gelegt.

»Und warum gehen wir zu dem Platz?« fragte Enrique Lilina.

»Weil wir mit Victoria dorthin gehen.«

Sechs oder sieben Busse aus der Hauptstadt und aus anderen kleinen Städten der Umgebung waren gleichzeitig in einer der auf den Platz mündenden Straßen angekommen. Die Fahrgäste, die nicht weiter wollten, waren ausgestiegen und standen plaudernd in einer Gruppe zusammen und kauften sich von den Händlern etwas zu essen. Eine Dame hatte sich einen Fächer aus Pappe mitgebracht, der als Reklame für eine Biersorte warb. Sie fächelte nicht nur sich selbst Luft zu, sondern auch jedem, der zufällig in ihre Nähe kam.

Die Busfahrer ließen die Motoren aufheulen, und einige versuchten, sich in günstigere Startpositionen zu manövrieren. Der Lärm und die Menge erregten Lilina. Enrique jedoch, der nach einem ruhigeren Ort Ausschau gehalten hatte, stand unter einem Baum. Nach einer Weile rannte sie zu ihm hin und sagte, daß sie Victoria aus der Schachtel herauslassen wollte.

»Dann sehen wir, was passiert«, sagte sie.

»Nein! Nein!« flehte Enrique. »Sie wird unter die Busse kriechen und zu Tode gequetscht. Schlangen leben in Wäldern und auf Felsen.«

Lilina beachtete ihn kaum. Bald schon kauerte sie am Bordstein und löste eilig die Kordel von Victorias Schachtel.

Enrique tat mit einem Mal wieder der Kopf weh, und er fühlte sich ein wenig krank. Er fragte sich, ob er den Platz verlassen konnte, merkte dann aber, daß es ihm an Mut fehlte. Obwohl der Wind stärker geworden war, brannte die Sonne, und der Baum spendete ihm nur wenig Schatten. Eine Zeitlang beobachtete er Lilina, doch schon bald schaute er weg und begann statt dessen, über seinen Tod nachzudenken. Er war sicher, daß sein Kopf heute mehr als gewöhnlich schmerzte, was ihn in düsterste Stimmung stürzte, wie immer, wenn er sich an den Tag erinnerte, wo er hingefallen war und sich an einem rostigen Nagel den Kopf aufgerissen hatte. Sein Leben war ihm, soweit er sich entsinnen konnte, stets etwas Kostbares gewesen, und bei dem Gedanken, es könnte jetzt mit einem Schlag zu Ende sein, erschien es ihm sogar noch kostbarer. Er hatte nichts für Lilina übrig; wahrscheinlich weil er intuitiv glaubte, daß sie jemand war, der immer wieder in denselben Scherbenhaufen fallen konnte und beim letzten Mal genauso laut schrie wie beim ersten Mal.

Victoria hatte sich unter die Busse geschlängelt und war zermalmt worden. Die Busse fuhren davon, und Enrique konnte sehen, was passiert war. Nur der Kopf der Schlange, vom Rumpf getrennt, war unversehrt.

Enrique trat näher heran und stellte sich neben Lilina. »Gehst du jetzt nach Hause?« fragte er sie und biß sich auf die Lippe.

»Schau nur, wie klein ihr Kopf ist. Sie muß eine winzige Schlange gewesen sein«, sagte Lilina.

»Gehst du zu euch nach Hause?« fragte er nochmals.

»Nein. Ich gehe zur Kathedrale rüber und schaukel da ein bißchen. Willst du mit? Ich renne jetzt hin.«

»Ich kann nicht rennen«, sagte Enrique und betastete seinen Verband. »Und ich weiß auch gar nicht, ob ich zum Spielplatz will.«

»Ich renne schon mal vor und bin dort, falls du doch noch kommst.«

Enrique fühlte sich hundemüde, und ihm war etwas schwindelig, aber er entschloß sich, ihr auf den Spielplatz zu folgen, um sie zu fragen, warum sie es zugelassen hatte, daß Victoria unter die Busse entwischen konnte.

Als er ankam, schaukelte Lilina bereits kräftig auf und ab. Er setzte sich auf eine Bank in der Nähe der Schaukel und schaute zu ihr hoch. Jedesmal, wenn ihre Füße den Boden berührten, machte er den Versuch, sie wegen Victoria zu befragen, doch die Frage blieb ihm im Hals stecken. Schließlich stand er auf, vergrub die Hände in seine Taschen und rief mit lauter Stimme in ihre Richtung.

»Besorgst du dir eine zweite Schlange?« fragte er. Das hatte er eigentlich nicht sagen wollen. Lilina gab zwar keine Antwort, starrte ihn aber von ihrer Schaukel aus an. Er wußte nicht, ob sie seine Frage überhaupt gehört hatte.

Schließlich bohrte sie ihren Absatz in den Boden und brachte die Schaukel zum Stehen. »Ich muß nach Hause«, sagte sie, »sonst ist meine Mutter wütend auf mich.«

»Nein«, widersprach Enrique und hielt sie am Kleid fest. »Komm mit, ich spendier dir ein Eis.«

»Abgemacht«, sagte Lilina. »Ich mag Eiscreme.«

Sie saßen zusammen in einem kleinen Laden, und Enrique kaufte zwei Eis.

»Ich hätte gern eine Schaukel, die vom Dach unseres Hauses hängt«, sagte Lilina. »Und mein Essen und Frühstück würden mir beim Schaukeln serviert.« Diese Vorstellung amüsierte sie, und sie begann so laut zu lachen, daß ihr das Eis aus dem Mund heraus und über das Kinn lief.

»Frühstück, Mittag- und Abendessen und Baden, alles

auf der Schaukel«, fuhr sie fort, »und *Pipi* von der Schaukel runter auf Consuelos Kopf machen.«

Enrique wurde zunehmend nervöser, denn es wurde spät, und noch immer sprachen sie nicht von Victoria.

»Könnte ich bei euch zu Hause mit dir schaukeln?« fragte er Lilina.

»Ja. Wir werden zwei Schaukeln haben, und du kannst auch *Pipi* auf Consuelos Kopf machen.«

»Schrecklich gern«, sagte er.

Es schien immer schwieriger zu werden, mit der Frage herauszurücken. Inzwischen kam es ihm so vor, daß sie eher einer Liebeserklärung glich als einer einfachen Frage.

Schließlich versuchte er es noch einmal. »Kaufst du dir eine zweite Schlange?« Aber er konnte sie noch immer nicht fragen, warum sie so achtlos gewesen war.

»Nein«, antwortete Lilina. »Ich kaufe ein Kaninchen.«

»Ein Kaninchen?« sagte er. »Aber Kaninchen sind längst nicht so intelligent oder schön wie Schlangen. Es wäre besser, wenn du dir noch so eine Schlange kaufen würdest wie Victoria.«

»Kaninchen kriegen eine Menge Junge«, sagte Lilina. »Warum kaufen wir nicht zusammen ein Kaninchen?«

Enrique dachte darüber eine Weile nach. Er fühlte sich beinah heiter und sogar ein bißchen verrucht.

»Einverstanden«, sagte er. »Laß uns zwei Kaninchen kaufen, ein Männchen und ein Weibchen.« Sie löffelten ihr Eis zu Ende und redeten immer aufgeregter über die Kaninchen.

Auf dem Heimweg drückte Lilina Enriques Hand und überhäufte ihn mit Küssen auf die Wange. Er errötete vor Vergnügen.

Am Platz trennten sie sich, nachdem sie abgemacht hatten, sich am Nachmittag wieder zu treffen.

Es war ein bedeckter Tag, viel kälter als gewöhnlich, und Señora Ramirez entschloß sich, ihre Trauerkleidung anzuziehen, die sie immer bei sich hatte. Sie hängte sich mehrere Ketten aus schwarzen Perlen um den Hals und puderte ihr Gesicht ausgiebig. Danach ging sie mit Consuelo langsam im Patio herum.

Consuelo putzte sich die Nase. »Ay, Mamá«, sagte sie. »Stimmt es, daß es weit mehr Traurigkeit auf der Welt gibt als Glück?«

»Ich verstehe nicht, warum du darüber nachdenkst«, sagte ihre Mutter.

»Weil ich meine glücklichen und meine traurigen Tage gezählt habe. Es gibt viel mehr traurige Tage, und ich bin doch jetzt im besten Alter für ein Mädchen. Nichts als Streit und Kampf, selbst auf Bällen. Ich glaube keinem Mann, der mir sagt, er zieht Tanzen einem Streit vor.«

»Das ist richtig«, sagte ihre Mutter. »Aber nicht alle Männer sind wirklich so. Es gibt Männer, die sind sanft wie Lämmchen. Aber nicht sehr viele.«

»Ich komme mir wie eine alte Lady vor. Aber vielleicht fühle ich mich besser, wenn ich verheiratet bin.« Sie spazierten langsam an der Tür des Reisenden vorbei.

»Ich gehe rein«, sagte Consuelo plötzlich.

»Willst du nicht im Patio sitzen?« fragte ihre Mutter.

»Nein. Mit all den schreienden Kindern und den Hühnern und dem plappernden Papagei und dem weißen Hund. Und es ist so ein furchtbarer Tag.«

Señora Ramirez konnte so schnell keinen Grund finden, warum Consuelo im Patio bleiben sollte. Ohnehin zog sie es vor, allein dort zu sein, falls der Fremde sich entschließen sollte, mit ihr zu reden.

»Was für ein weißer Hund?« fragte sie.

»Señora Espinoza hat ein weißes Hündchen für die Kinder gekauft.«

Der Wind wehte, und im hinteren Teil des Patios jagten sich die Kinder. Señora Ramirez setzte sich auf einen der kleinen geradlehnigen Stühle und hielt die Hände im Schoß gefaltet. Es kam ihr der Gedanke, daß die meisten Tage wohl eher kalt und windig waren als schön und daß noch viele Tage folgten, die sich in nichts von diesem unterschieden. Sie hatte immer vage gespürt, daß dies die Tage waren, die Gott bevorzugte, auch wenn sie nie so recht nach ihrem eigenen Geschmack waren.

Der Reisende packte seine Sachen zusammen mit der Lebhaftigkeit eines Mannes, der aus dem behüteten Gemeinschaftspferch heraus kleine Ausflüge macht, um fast auf der Stelle wieder dorthin zurückzukehren.

›Junge Junge!‹ sagte er frohgelaunt, ›ganz schön leichtsinnig warst du hier, aber jetzt ist der böse Traum vorbei.‹ Es war fast schon Zeit für den Bus. Er trug sein Gepäck auf den Patio hinaus und war verwirrt, dort Señora Ramirez sitzen zu sehen. Er zwang sich, freundlich zu sein.

»Señora«, sagte er und ging zu ihr hin. »Nun heißt es Auf Wiedersehn sagen bis zum nächsten Mal.«

»Was sagen Sie?« fragte sie.

»Ich nehme den Zwölf-Uhr-Bus. Ich fahre nach Hause.«

»Ah! Sie müssen sehr glücklich sein, nach Hause zu fahren.« Sie dachte nicht daran, den Blick von seinem Gesicht zu wenden. »Reisen Sie mit dem Schiff?« erkundigte sie sich und starrte ihn noch eindringlicher an.

»Ja. Fünf Tage auf dem Schiff.«

»Wie herrlich muß das sein. Oder werden Sie vielleicht krank?« Sie legte die Hand auf ihren Bauch.

»Ich war in meinem Leben noch nie seekrank.«

Er trat einen Schritt zurück und berührte fast den auf seiner Stange schaukelnden Papagei, und schnell trat er wieder nach vorn, da sich der Vogel vorneigte, um nach ihm zu schnappen.

»Gibt es jemanden in den Vereinigten Staaten, den ich für Sie aufsuchen soll?«

»Nein. Kommen Sie in nicht allzu ferner Zeit wieder?«

»Nein. Ich glaube nicht, daß ich je wieder hierher komme. Nun...« Er streckte die Hand aus, und sie stand auf. Sie sah ziemlich eindrucksvoll aus in ihrer schwarzen Kleidung. Er schaute auf die Perlen, die ihren Busen bedeckten.

»Also dann auf Wiedersehn, Señora. Es hat mich sehr gefreut, Sie kennenzulernen.«

»Adiós Señor. Und möge Gott Sie auf Ihrer Reise beschützen. Sie werden vielleicht zurückkommen. Man weiß nie.«

Er schüttelte den Kopf und trat zu dem Indianerjungen, der bei seinem Gepäck wartete. Sie gingen auf die Straße hinaus, und die schwere Tür fiel mit Krachen zu. Señora Ramirez schaute sich im Patio um. Sie sah, wie Señorita Córdoba von der halboffenen Schlafzimmertür weghuschte.

Camp Cataract

Beryl klopfte an Harriets Hüttentür und bekam die Erlaubnis einzutreten. Sie fand ihre Freundin nahe beim Fenster sitzen und mit einem Brief in der Hand.

»Guten Abend, Beryl«, sagte Harriet. »Ich habe gerade einen Brief von meiner Schwester gelesen.« Ihr zerbrechlich-altjüngferliches Gesicht hatte einen listigen, wenn auch leicht hysterischen Ausdruck.

Beryl, eine untersetzte, blonde Kellnerin mit eigensinnigen Augen, legte eine hündische Ergebenheit für Harriet an den Tag und saß in deren Hütte, sobald sie einen Augenblick Zeit hatte. Sie sprach selten in Harriets Gegenwart und war auch keine aufmerksame Zuhörerin.

»Ich lese dir vor, was sie schreibt. Setz dich.« Harriet wies auf einen einfachen Stuhl, und Beryl zog ihn in eine dunkle Ecke und nahm Platz. Der Stuhl knarrte bedenklich unter dem Gewicht ihres stämmigen Körpers.

»Na hoffentlich mach ich den Stuhl nicht kaputt«, sagte Beryl mit hochrotem Kopf und vergrub die Hände tief in den Taschen ihrer karierten Knickerbockers, die sie immer anzog, wenn sie frei hatte.

»Liebe Schwester«, las Harriet. »Du bist also immer noch im Camp Cataract, siehst Dir den Wasserfall an und hast Deine Freude daran. Ich wünsche sehr, daß Du eine schöne Zeit verlebst. Das ist schon das fünfte Wochenende, das Du fort bist. Vermutlich macht es Dir auch weiterhin Spaß, hinter dem Wasserfall zu stehen, was ja, wie Du mir berichtet hast, alle Besucher tun. Du hast, glaube ich, gesagt, daß nur diejenigen, die nicht über Nacht bleiben, dafür zahlen müssen, hinter dem Wasserfall zu stehen... Du bleibst zehn Wochen... genieß es, Liebes. Hier hat sich seit Deiner Abreise nichts verändert. Die Wohnung sieht aus wie immer. Ich muß Dir etwas sagen, aber zu allererst solltest Du wissen: Wenn Du nervös wirst, warum kommst Du nicht nach Hause, statt zu warten, bis Dir schließlich die Zugfahrt zuviel ist? So etwas kann passieren. Ich frage mich natürlich, was Du über die Wohnung denkst, jetzt, wo Du beim Wasserfall bist. Ich möchte Dir auch noch folgendes ans Herz legen. Das Wissen, daß Du eine Wohnung hast und eine Familie, die Dich liebt, macht Camp Cataract notwendigerweise zu etwas ganz anderem, als es der Fall wäre, wenn das Dein einziges Zuhause wäre. Bestimmt gibt es dort ein paar Bedauernswerte, bei denen das der Fall ist. Wenn Du sie kennenlernst, schenk ihnen unbedingt Deine Zuneigung, denn sie sind die verlorenen Seelen dieser Welt. Ich fürchte mich vor Nomaden. Sie machen mir Angst, und ich habe auch Angst um sie. Ich weiß nicht, was ich täte, wenn einer meiner Lieben von der Wanderlust gepackt würde. Wir müssen zärtlich lieben, wen Gottes Wille in unsere Obhut gegeben hat. Zuallererst kommen die Mitglieder der Familie, und deshalb ist es gut, in größter Nähe miteinander zu leben. Vielleicht sagst Du, ›Sadie ist altmodisch; sie will nicht, daß man sein eigenes Leben führt.‹ Ich bin nicht altmodisch, aber ich will nicht, daß einer von uns zum Nomaden wird. Man bereichert seinen Geist nicht dadurch, daß man seinen Radius vergrößert, sondern indem man sich um den vorhandenen kümmert. Wenn Du weg bist, habe ich Angst um Dich. Ich stelle mir vor, Du könntest von der Wanderlust gepackt werden und Dich kaum noch an die Wohnung erinnern. Besonders diese Reise..., aber ich weiß auch, daß das nicht stimmen kann und daß nur meine Nervosität mich so etwas denken läßt. Es ist draußen so heiß. Dieser Sommer bricht alle Rekorde. Denk daran, die Wohnung ist nicht bloß eine Reihe von Zimmern. Sie ist der sichtbare Beweis, daß unsere Seelen so eng miteinander verbunden sind, daß wir nur ein einziges, segensreiches Dach über unseren Köpfen haben. Nur drei von uns sind blutsverwandt, doch Bert Hoffer ist auf dem normalen Weg der Heirat, dem geheiligten, zu uns dreien hinzugekommen. Ich weiß, daß Du genauso darüber denkst und daß es nur meine Nervosität ist, die mich auf den Gedanken bringt, Camp Cataract könnte daran irgend etwas ändern. Darf ich Dich auch daran erinnern: Wenn diese Familie eine Girlande ist, dann bist Du die Blume in der Mitte; für mich bist Du es ja sowieso. Vielleicht richtet sich Evys Liebe jetzt mehr auf Bert Hoffer, was nur natürlich ist, er ist ihr Mann. Ich wünsche mir, daß sie nicht denken, Du hättest wegen Deiner Anfälle nach Camp Cataract fahren müssen. Habe ich nicht immer für Dich gesorgt, wenn Du einen Anfall bekommen hast? Bert hat Evy dann immer zu den Hoffers gebracht, und wir sind zusammengeblieben, nur wir beide; die Tür war fest verschlossen, damit Du in Deiner Aufregung nicht ständig zum Nachbarhaus rennen konntest. Evy ging gern zu den Hoffers, dort gab's immer Huhn mit Knödeln oder Gans mit Rotkohl. Hoffentlich hast Du Dir nicht in den Kopf gesetzt, daß Du irgendwohin gehen und allein sein mußt, weil Du eine alte Jungfer bist. Vergiß nicht, auch ich bin eine alte Jungfer. Ich muß jetzt aufhören, aber ich bin nicht zufrieden mit meinem Brief, denn ich hätte Dir noch so viel mehr zu sagen. Ich weiß, daß Du die Wohnung gern hast und wie ich empfindest. In einer Hütte zu hausen ist für Dich wie für uns alle ein prickelndes Touristenabenteuer. Ich zähle die Tage bis zu Deiner süßen Rückkehr. Deine Dich liebende Schwester, Sadie.«

Harriet faltete den Brief zusammen. »Meine Schwester Sadie«, sagte sie, »ist sehr erpicht auf Sicherheit.«

»Sie hört sich nicht übel an«, sagte Beryl, als hätte Harriet sie zum ersten Mal erwähnt, was gewiß nicht stimmte.

»Ich schätze so was überhaupt nicht«, verkündete Harriet mit fester Stimme. »*Nicht im geringsten.* Im Gegenteil, ich bewundere Nomaden, Vagabunden, Zigeuner und Seefahrer sehr. Ich zieh den Hut, um sie zu grüßen; übrigens zogen auch schon die alten Propheten in der Welt herum, und die meisten von denen, die Visionen hatten.« Sie faltete mit zufriedener Miene die Hände im Schoß. Dann räusperte sie sich wie bei einer öffentlichen Ansprache und fuhr fort: »Ich gebe keinen Pfifferling dafür, zu einer Gemeinschaft zu gehören, das kannst du mir glauben... Deshalb bleibe ich doch nicht in der Wohnung... nicht für eine Sekunde, aber das ist für sie ein triftiger Grund... ich meine für Sadie; sie liebt das Gemeinschaftsgefühl und möchte uns alle gern in der Wohnung haben, weil die Wohnung Gemeinschaftsbesitz ist. Das zu wissen hat etwas geradezu Erregendes für sie. Für mich dagegen keineswegs... niemals, auch nicht in tausend Jahren.«

Sie legte den Kopf zurück und schloß halb die Augen. Sie war sich, wie alle, die zu endlosem Monologisieren neigen, gar nicht bewußt, daß jemand zuhörte. »Jetzt könnten wir uns natürlich fragen«, sagte sie, »ob Camp Cataract vielleicht etwas Erregendes für mich hat.« Sie machte eine kleine Pause, als müßte sie darüber nachdenken. »Eigentlich nicht«, konstatierte sie knapp, »aber wenn du willst, drücke ich mich deutlicher aus und nenne

Camp Cataract *mein Baumhaus*. Du erinnerst dich bestimmt noch an die Baumhäuser von früher... die Kinder klettern hinein, und wenn sie erstmal sicher in den Blättern versteckt sind, träumen sie davon, von daheim wegzulaufen. Baumhäuser sind bei Kindern beliebt. Stell dir vor, ich sage dir frei heraus, daß ich eine äußerst originelle Frau bin, aber auch sehr seicht..., in gewisser Hinsicht *sehr* seicht. Ich habe Angst vor Skandalen.« Harriet richtete sich etwas auf. »Ich verachte alles, was nach Boheme und Freiheitsdrang klingt. Ich weiß, daß das nichts mit den ernsteren Dingen des Lebens zu tun hat... Sicherlich gibt es Hunderte von ernsthaften Menschen, die über die Stränge schlagen und sich in die Gosse stürzen; aber ich bin zu seicht für so was... Ich weiß das, und ich genieße, daß ich's weiß. Sadie dagegen kocht und putzt den ganzen Tag und nimmt ihr Leben trotzdem ernst wie eine Religion..., wic mich und die Wohnung und die Hoffers. Mit den Hoffers meine ich meine Schwester Evy und deren Ekel von Mann, Bert.« Sie verzog das Gesicht. »Ich bin die einzige in der Familie mit Geschmack, aber ich habe nicht einmal eine Lampe für die Wohnung vorgeschlagen. Ich würde mich nicht erniedrigen, wenn ich mich da hineinziehen ließe, ich weigere mich jedoch strikt, einem ungehörigen Drang nach Freiheit nachzugeben. Ich weigere mich, als ›Sadies wilde Schwester Harriet‹ zu gelten. Für mich hat eine unverheiratete Frau, die sich ganz allein aufmacht, etwas stark Abstoßendes an sich... auch eine sehr seichte Haltung. Du fragst dich vielleicht, wie eine Frau seicht sein und es gleichzeitig wissen kann, doch genau das ist die Tragik eines jeden, der sich hinreißen läßt.« Sie hielt einen Augenblick inne und schaute mit wildem Funkeln in die Dunkelheit. »Doch zurück zu Camp Cataract«, sagte sie mit neuer Lebhaftigkeit. »Die Kiefernwäldchen, die Kanus, die glitzernde Klarheit des Baches und des Wasserfalls... die Hütten... der Eibisch, die solide Kundschaft.«

»Hast du je dran gedacht, in einer Werkstatt zu arbeiten?« platzte Beryl plötzlich heraus und errötete wieder beim Klang der eigenen Stimme.

»Nein«, antwortete Harriet scharf. »Warum sollte ich?«

Beryl änderte ihre Position auf dem Stuhl. »Also, ich glaube«, sagte sie, »mir gefiele diese Arbeit besser als zu bedienen. Besonders wenn ich der Chef wäre und der Laden mir gehörte. Es ist allerdings hart für eine Frau.«

Harriet starrte sie stumm an. »Meinst du, Camp Cataract riecht nach Gosse?« fragte sie einen Augenblick später.

»No, Sir...« Beryl schüttelte kummervoll den Kopf.

»Na bitte. Da hast du's. Zweifellos ist das hier am weitesten entfernt von der Gosse. Jeder Dummkopf kann das begreifen. Mein Plan ist äußerst kompliziert und meiner Ansicht nach auch brillant. Zuerstmal werde ich einige Jahre hierherkommen..., ich weiß noch nicht genau wie viele, aber lang genug, um Wurzeln zu imitieren..., ich meine, um die natürlichen Familienwurzeln der Kindheit zu imitieren..., lang genug, daß ich selbst spüre: ›Camp Cataract ist *Gewohnheit*, Camp Cataract ist Leben, Camp Cataract ist keine Flucht.‹ Flucht ist nicht ladylike, Gewohnheit dagegen schon. Wenn ich mich allmählich aus dem intimen Kreis der Familie zurückziehe und immer stärker Fuß in Camp Cataract fasse, dann kann ich zu einem späteren Zeitpunkt von hier aus fast unbemerkt anfangen, Ausflüge in die Außenwelt zu machen. Nichts davon wird einem Beobachter wie eine häßliche, ungestüme

Flucht vorkommen... Ich habe vor, jedes Jahr dieselbe Hütte zu mieten und jedes Jahr ein wenig länger zu bleiben. In der Zwischenzeit lerne ich eine Menge über Bäume und Blumen und Büsche... Mich interessiert die Natur.« Eine Weile blieb sie still. »Es trifft sich auch bestens«, fügte sie hinzu, »daß der Arzt meine Trennung von der Familie für ein paar Monate im Jahr gutheißt. Er ist ein Dummkopf und ahnt nicht im entferntesten etwas von der Tragweite meines Plans, noch, wie gut er selbst da hineinpaßt... Tatsache ist, er hat meinen Wunsch, daß niemand mich hier im Camp besuchen soll, sogar noch unterstützt. Ich fürchte, ich wäre nicht in der Lage, einen Streit zu vermeiden, wenn Sadie käme, und sie ist die einzige, der so etwas einfallen würde, und dann könnte ich einen Anfall bekommen. Die Anfälle sind unangenehm; ich werde sehr viel nervöser als sonst und verliere für einige Augenblicke das Bewußtsein.« Harriet schielte zu Beryl hin, um festzustellen, wie sie auf diese letzte Mitteilung reagierte, doch Beryls Gesicht blieb unbewegt.

»Damit kennst du meinen Plan«, fuhr sie fort, entspannt und beiläufig im Ton, »kompliziert, etwas spinnert und durch und durch originell... aber ich *bin* nun mal ein Original... nicht so wie meine Schwestern... seltsamerweise scheine ich nicht einmal zur selben Gesellschaftsschicht zu gehören wie meine Schwestern. Ich bin irgendwie« – sie zögerte einen Augenblick – »vornehmer.«

Harriet schaute aus dem Fenster. Während ihres Monologs war die Nacht hereingebrochen, und sie konnte Licht in der Nachbarhütte sehen. »Glaubst du, ich bin ein Feigling?« fragte sie Beryl.

Die Kellnerin schreckte aus ihrer Lethargie auf. Glücklicherweise hatte ihr Hirn Harriets Frage registriert. »No,

Sir«, antwortete sie. »Wenn du's wärst, dann würdest du nicht allein Kanu fahren bei den schrecklichen Stromschnellen, die es hier überall in den Flüssen hat...«

Harriet wand sich vor Ungeduld. Sie hatte plötzlich das unwiderstehliche Verlangen, allein zu sein. »Auf Wiedersehn«, sagte sie schroff. »Ich komme nicht zum Abendessen.«

Beryl stand auf. »Ich hebe dir etwas auf für den Fall, daß du hungrig werden solltest und der Speisesaal geschlossen ist. Ich treibe mich bis zur Schlafenszeit wie üblich am Hauptgebäude rum.« Harriet nickte, und die Kellnerin trat aus der Hütte, wobei sie die Tür sacht hinter sich zumachte, um jedes Geräusch zu vermeiden.

Harriets Schwester Sadie war eine dunkelhaarige Frau mit schlaffen Gesichtszügen und traurigen Augen. Sie war in den mittleren Jahren und setzte etwas Fett an. Mit Harriet, die nur um wenige Jahre älter war, hatte sie keinerlei Ähnlichkeit. Seit sie in ihrem letzten Brief an Harriet über Camp Cataract und das Nomadentum geschrieben hatte, litt sie unter einer ständig wachsenden Gespanntheit – einer seltsamen Mischung aus Besorgnis und erregter Erwartung. Ihr Appetit nahm mit jedem Tag ab, und es fiel ihr immer schwerer, die häuslichen Pflichten zu erledigen.

Sie stand im Wohnzimmer und blickte ausdruckslos auf ihre neue Möbelgarnitur – zwei mächtige Sessel mit ausladenden Armlehnen und ein dazu passendes Sofa – und dachte laut: »Ich kann besser mit ihr reden als es in einem Brief ausdrücken.« Die Worte waren ihr ganz unwillkürlich entschlüpft, und als sie ihre eigene Stimme hörte, erfüllte sie eine unbändige Freude. Ihr wurde mit einem Mal klar, daß sie eine kleine Reise nach Camp Cataract unternehmen würde. Sie traf derart wichtige Entscheidungen oft auf diese Weise, als ob ihr ein vorbereiteter Plan plötzlich enthüllt würde. Den Plan mußte Sadie sofort vor den anderen verheimlichen, denn für sie lag das Problem, wenn es etwas zu entscheiden galt, nicht in der Schwierigkeit des Wählens, sondern im Geheimhalten ihrer Wahl. Für sie war Heimlichkeit die wahre Lossprechung von der Schuld, darum entzog sie ganz automatisch ihre tiefsten Gefühle und inneren Zwänge den Blicken Evys, Bert Hoffers und der anderen Familienmitglieder, auch wenn sie selbst kein Interesse daran hatte, sie für sich zu ergründen.

Der Fußboden vibrierte; und da sie Bert Hoffer an seinem Schritt erkannte, riß sie sich gewaltsam zusammen, damit die Röte ihrer Wangen nicht verriete, wie erregt sie war. Einen Augenblick später durchquerte ihr Schwager das Zimmer und ließ sich in einem Sessel nieder. Er saß da und blickte sie lange finster an, ohne ein Wort der Begrüßung zu sagen, aber Sadie hatte sich schon seit langem an seine unfreundliche Art gewöhnt; selbst am Anfang hatte es sie nicht sonderlich aufgeregt; sie war zu versponnen, um sich groß um Äußerlichkeiten zu kümmern.

»Verdammter Velours«, sagte er schließlich. »Das wärmste Zeug, auf dem ich je gesessen habe.«

»Im nächsten Sommer kriegen wir Überzüge«, versicherte Sadie, »mit Blumenmuster, wenn du willst. Was ist deine Lieblingsblume?« fragte sie, nur um Konversation zu machen und ihn davon abzubringen, ihr ins Gesicht zu schauen.

Bert Hoffer starrte sie an, als hätte sie völlig den Verstand verloren. Er war dick, hatte ein rotes Gesicht und gewelltes Haar. Statt einer Antwort auf diese Frage, die er für blödsinnig hielt, wischte er sich mit dem Taschentuch die Stirn.

»Ich mache dir einen Ananassalat aus der Büchse zum Abendessen«, sagte sie mit strahlendem Blick. »Das schmeckt an einem Abend wie diesem besser als fettes Fleisch.«

»Wenn du Ananassalat zum Abendessen auftischst«, antwortete Bert Hoffer mit finsterem Stirnrunzeln, »dann kannst du dir jemand anderen zum Essen anlachen. Du findest mich dann drüben in Martie's Tavern bei Fleisch und Kartoffeln, wenn du mir was auszurichten hast.«

»Ich habe gedacht, weil dir heiß ist«, sagte Sadie.

»Ich hab über den Velours gesprochen, oder? Ich hab nichts von Fleisch gesagt.«

Er war wirklich anstrengend, besonders in einer kleinen Wohnung, aber das beschäftigte Sadie überhaupt nicht. Sie putzte und kochte liebend gern für ihn und ihre Schwester Evelyn, solange sie damit einverstanden waren, mit ihr und Harriet unter demselben Dach zu wohnen.

Genau in diesem Augenblick stürzte Evelyn ins Wohnzimmer. Sie war dunkel wie Sadie, doch das war auch schon alles an Ähnlichkeit, denn sie war flachbrüstig, von kleiner kräftiger Statur, und hatte glatte Haare wie eine Indianerin. Sie warf einen mißbilligenden Blick auf die Hemdsärmel ihres Mannes und auf Sadies Schürze. Sie trug ein flottes Sommerkleid mit tiefem Ausschnitt, eine unglückliche Wahl für jemanden, der so dürr und grimmig aussah wie sie.

»So wie ihr ausseht, paßt ihr eher auf den Müllhaufen als ins Eßzimmer«, sagte sie zu ihnen. »Wozu dann das Getue mit einem ›Eßzimmer‹ ... ist das bloß eine Farce?«

»Wie war's heute im Büro?« fragte Sadie ihre Schwester.

Evelyn schaute Sadie an und kniff die Augen zusammen, um sie eingehend zu mustern. Ihre Gesichtsmuskeln spannten sich. Einen Moment lang war es totenstill, und als Bert Hoffer einen wachsamen Blick in Richtung seiner Frau schickte, erkannte er die gefährliche Röte auf ihren Wangen. Insgeheim freute er sich. Er schaute nur allzugern dabei zu, wenn Evelyn Sadie anschnauzte, doch er versuchte sein Vergnügen zu verbergen, denn es kam ihm nicht sehr männlich vor.

»Was ist mit dir los?« fragte Evelyn schließlich und rückte näher zu Sadie. »Etwas stimmt mit dir nicht, mal abgesehen von deiner dreckigen Schürze.«

Sadie errötete leicht, sagte aber nichts.

»Du siehst verrückt aus«, schrie Evelyn. »Was ist mit dir los? Du siehst so verrückt aus, daß ich fast Angst hätte, dich zum Einkaufen zu schicken. Erzähl mir, was passiert ist!« Evelyn regte sich sehr schnell auf; dennoch war sie eine robuste Natur.

»Ich bin nicht verrückt«, murmelte Sadie. »Ich mach jetzt das Abendessen.« Sie drückte sich langsam an Evelyn vorbei und ging mit ihrem schweren Schritt aus dem Wohnzimmer.

Der Mahagoni-Eßtisch war viel zu breit für das kleine, länglich geschnittene Zimmer, und nur an den beiden Tischenden ließ er genügend Raum. Wenn viele Gäste kamen, mußten einige zunächst auf der einen Seite Platz nehmen und dann den Tisch zu sich heranziehen, bis dessen Kante sich schmerzhaft in ihr Zwerchfell preßte, bevor endlich die übrigen Gäste auf die gegenüberliegenden Stühle rutschen konnten.

Sadie servierte das Essen, aber nur Bert Hoffer aß mit einigem Appetit. Evelyn stach ein paarmal in ihr Fleisch, kostete es und ließ dann die Gabel fallen, die klirrend auf dem Teller landete.

Wenn es ihr besser geschmeckt hätte, dann hätte sie ihren Angriff vielleicht auf einen späteren Zeitpunkt verschoben, höchstwahrscheinlich sogar ganz vergessen. Leider war Sadie jedoch eine schlechte Köchin und dazu eine nachlässige Putzfrau, obschon sie darauf beharrte, die Rolle der Hausfrau zu spielen, und den anderen nie erlaubte, auch nur das Geringste im Haushalt zu machen. Ihre klumpigen Soßen waren ohne jeden Geschmack, und einige Male hatte sie gedankenlos und desinteressiert ein schönes Steak in den Kochtopf getan. Trotz ihrer fehlenden Kochleidenschaft ging sie verschwenderisch mit den Lebensmitteln um und hortete so viel in ihren Regalen, daß jede Woche einiges verdarb und es im Haus oft unangenehm roch. Harriet hatte hinsichtlich Sadies wahrer Natur in der Tat keine Ahnung und war in die Falle gegangen, die ihre Schwester, einem Instinkt folgend, für sie aufgestellt hatte, denn sie trug zwar eine Schürze und ahmte das Gebaren anderer Hausfrauen nach, ansonsten aber besaß sie keinerlei Gemeinschaftssinn, wie Harriet der Kellnerin Beryl gegenüber behauptet hatte. Sadie sehnte sich zweifellos danach, in der Erwachsenenwelt zu leben, die ihre Eltern für sie errichtet hatten, als sie noch Kinder waren, doch trotz ihres Wunsches, mit Harriet und wegen ihr in jener Welt zu leben, verstand sie diese Welt nicht wirklich. Sie blieb ihr geheimnisvoll, auch wenn sie den gesamten Haushalt führte und die Wohnung ganz allein in Schuß hielt. Sie konnte sich nie eingestehen, daß sie in ständiger Angst lebte, Harriet könnte weggehen, statt dessen grübelte sie häufig über äußere Gefahren; auch wenn sie es versucht hätte, es wäre ihr unmöglich gewesen, sich an eine Zeit zu erinnern, in der diese Angst nicht alles dominierte.

Manchmal bekam ihr Blick etwas Ekstatisches und Gieriges, als wollte sie ihre eigene Existenz verschlingen, die sie so sehr liebte. Diese leidenschaftlich empfundenen Augenblicke der Lebenslust waren vielleicht ihre einzige Entschädigung dafür, daß sie ein Leben lebte, von dem sie im Grunde ihres Herzens wußte, daß es ein ewiges Geradenochmal-Davonkommen war. Auch wenn Sadie weder schlau noch durchtrieben war, sondern im Gegenteil offenherzig und ehrlich, arbeitete sie doch unbewußt mit Tricks, um die Hoffers an die Wohnung zu binden, denn sie wollte weder sich noch Harriet ihre wahren Absichten eingestehen. Sie spürte auch, daß es Harriet schwerer fallen würde, sich von ihnen dreien zu lösen als nur von ihr allein. (Als Gruppe suggerierten sie nämlich eine Gesellschaft im kleinen, was ihre Schwester beeindruckte.) Trotz ihrer Todesangst, daß Harriet von sich aus ausbrechen könnte, hatte sie nie lange über die Möglichkeit einer Heirat ihrer Schwester nachgedacht. Auch hier hatte sie den richtigen Instinkt: Sie wußte, von dort drohte ihr keine Gefahr, und berief sich oft auf den ›normalen Weg der Heirat‹, wobei ihr stets klar war, daß eine derart intime Beziehung zu einem Mann für Harriet genauso wenig in Frage kam wie für sie selbst.

Finanziell gesehen funktionierte das gemeinsame Leben mehr als zufriedenstellend. Jede der Schwestern hatte Grundbesitz geerbt, was ihnen monatlich bescheidene Einkünfte sicherte; dies und das zusätzliche Geld, das die Hoffers von ihrem Gehalt beisteuerten, deckten die gemeinsamen Lebenskosten. Als Ausgleich für das Extrageld, das die Hoffers in die Haushaltskasse zahlten, brachte Sadie ihre Arbeit ein und ersparte ihnen so Ausgaben, die sie für ein Dienstmädchen hätten aufwenden müssen, wenn sie allein in der Wohnung gelebt hätten. Eine vierte Schwester, deren Heirat sich finanziell erfolgreicher als die Evys herausgestellt hatte, steuerte großzügig Geld für Harriets Unterhalt in Camp Cataract bei, da Harriets Einkommen zweifellos nicht ausreichte, um ihren Anteil an den Wohnungskosten zu bestreiten und dazu noch den langen Urlaub zu finanzieren.

Weder Sadie noch Bert Hoffer hatten aufgeschaut, als Evys Gabel mit Geklirr auf ihren Teller fiel. Sadie war völlig in Gedanken versunken, während Bert Hoffer es nur vortäuschte, sich insgeheim aber über das untrügliche Anzeichen freute, daß seine Frau kurz vorm Explodieren war.

»Sobald ich weiß, warum Sadie so aussieht, wenn sie schon nicht verrückt wird, esse ich«, verkündete Evy ohne Umschweife und verschränkte die Arme vor der Brust.

»Ich bin nicht verrückt«, sagte Sadie leise und warf einen Blick zu Bert Hoffer, nicht um seine Anteilnahme zu erregen, sondern um dem forschenden Blick ihrer jüngeren Schwester zu entgehen.

»Du bist von deiner Großmutter und von Harriet her stark gefährdet«, sagte Evelyn zänkisch. »Darum werde ich auch so schnell nervös, wenn du etwas seltsam aussiehst, so wie heute abend. Nicht, daß du Harriets Gesichtsausdruck hast... du könntest ja eine andere Art von Verrücktheit kriegen... vielleicht was Schlimmeres. Sie ist ganz in Ordnung, wenn sie fort kann und man sie in Ruhe läßt... bei ihr sind's sowieso nur sporadische Anfälle. Aber bei dir – bei dir könnte es schlimmer werden. Vielleicht was Bleibendes.«

»Ich werde nicht verrückt«, murmelte Sadie abwehrend.

Evelyn starrte mürrisch vor sich hin und nahm ihre Gabel, ließ sie aber sofort wieder fallen, um sich aufs neue erzürnt an ihre Schwester zu wenden: »Warum fragst du mich eigentlich nicht, warum *ich* nicht verrückt werde?« wollte sie wissen. »Harriet ist genauso meine Schwester und Großmutter genauso meine Großmutter wie deine, oder etwa nicht?«

Sadies Augen blickten geistesabwesend.

»Wenn du normal wärst«, fuhr Evelyn fort, »würdest du jetzt ein vernünftiges Gegenargument bringen, statt überhaupt nicht zuzuhören. Meinst du nicht auch, Hoffer?«

»Ja«, war die bündige Antwort.

Evelyn setzte sich aufrecht hin. »Ich bin zu sehr wie alle andern, um verrückt zu sein«, verkündete sie mit Stolz. »Im Kino fühle ich mich ganz wie der Durchschnitt.«

Als Sadie zufällig zu ihrer Schwester aufsah, fiel ihr plötzlich ein, daß es technisch schwierig werden könnte, zu verschwinden, ohne Evelyn etwas von dem Plan zu sagen. Sie wußte natürlich, daß Harriet eigentlich während dieser Ferienmonate auf Anordnung des Arztes und auch auf eigenen Wunsch den Kontakt zu ihrer Familie meiden sollte; aber sie hing unbeirrbar ihren Gedanken nach wie ein Herdentier, das trotz des drohenden Stocks weitergrast. Sie glaubte nicht wirklich an Harriets Verrücktheit noch an die Notwendigkeit ihrer Aufenthalte in Camp Cataract, widersetzte sich jedoch nie bewußt den Anschauungen ihrer Geschwister. Ihre Haltung glich eher der eines Kindes, das von den ewig gleichen Problemen der Erwachsenen angeödet ist und abschaltet. Wie gewöhnlich galt ihre dringende Sorge einzig und allein dem Umstand, wie sie erfolgreich ihre wirklichen Gefühle verheimlichen konnte; wenn sie gezwungen gewesen wäre, offen zuzugeben, daß zwischen ihren eigenen Ansichten und denen ihrer Schwestern ein derart tiefer Riß klaffte, hätte sie unglaubliche Qualen gelitten. Sie konnte mit ihnen leben, bei den Zusammenkünften ohne hinzuhören zuhören (auch die wohlhabendere Schwester war mit ihrem Mann bei diesen Beratungen anwesend) und sogar eine kleine Summe für Harriets Unterhalt im Camp Cataract beisteuern, ohne die Berechtigung der gemeinsamen Entscheidung oder die eigene, gänzlich abweichende Meinung in Frage zu stellen. Ein selbst auferlegtes Tabu hinderte sie daran, diesen Riß zur Kenntnis zu nehmen, und sie hatte nie darüber nachgedacht.

Harriet war zum ersten Mal vor einem Jahr nach Camp Cataract gefahren, nachdem sie eine schwere Nervenkrise und eine wiederkehrende Brustfellentzündung bekommen hatte. Der Arzt hatte vorgeschlagen, sie solle mit seiner Frau und seinem Kind statt mit einer ihrer Schwestern reisen. Harriet war über diesen Vorschlag entzückt gewesen, und Sadie hatte ohne Murren zugestimmt. Sie diskutierte nie, und damals hatte sie sich tatsächlich nichts bei Harriets Urlaub gedacht. Erst allmählich hatte sie damit angefangen, Briefe an Harriet zu schreiben, über Camp Cataract, das Nomadentum und die Wanderlust – sie hatte bereits mehrere Briefe wie den letzten geschrieben, nur nicht so gewandt oder überzeugungsstark. Frühere Briefe hatten zwar an manchen Stellen Andeutungen enthalten, berichteten aber in der Hauptsache über das, was sich während des Sommers in ihrem Leben in der Wohnung ereignet hatte. Seit dem letzten Brief waren ihr die eigenen wundervollen und feierlichen Worte nicht aus dem Kopf gegangen (denn sie war nicht sehr beredt), und selbst jetzt, beim Abendessen, drängten sie ihr auf die Zunge, so daß sie immer wieder in helle Erregung geriet und sich nicht damit aufhalten konnte, Evelyn von ihrer Abreise in Kenntnis zu setzen. ›Es ist einfacher, das schriftlich zu sagen‹, dachte sie. ›Ich packe meinen Koffer und fahre morgen mittag, wenn sie im Geschäft sind. Sie können sich selbst einige Tage das Essen machen. Vielleicht laß ich ihnen einen großen Hackbraten da.‹ Ihre Augen strahlten wie Sterne.

»Nimm meinen Teller, Hoffer, und stell ihn auf die Wärmeplatte«, sagte Evelyn. »Ich esse keinen Bissen mehr, bis uns Sadie nicht sagt, was wir zu erwarten haben. Wenn sie meint, es geht bei ihr los, kann sie uns zumindest vorwarnen. Ich habe Anspruch darauf, zu wissen, wie sie sich fühlt..., ich erzähle ihr und Harriet alles, was ich empfinde, haargenau... Ich schleiche nicht wie ein Dieb im Haus herum. Ich habe überhaupt keine Zeit zum Herumschleichen. Ich bin den ganzen Tag im Büro! Ist das die neueste Mode, dieses Herumschleichen und nur ja alles vor deinen Schwestern verbergen? Ja?« Sie starrte Bert Hoffer an, wobei sie ihre Augen in gespieltem Erstaunen weit aufriß. Er zuckte mit den Schultern.

»Ich bin keine Herumschleicherin oder Heuchlerin, und du auch nicht, Hoffer, du bist kein Heuchler. Du bist nur sauer auf die Welt, aber du tust auch nicht so, als liebtest du die Welt. Stimmt's?«

Sadie war peinlich berührt. Sie war bei Evys Anspielung auf ihr ›Losgehen‹, die sie natürlich als einen Hinweis auf ihre geplante Reise nach Camp Cataract mißverstanden hatte, erblaßt.

»Nur für ein paar Tage…« murmelte sie bestürzt, »und dann sitze ich schon wieder hier am Tisch.«

Evelyn sah sie fassungslos an. »Was denkst du dir eigentlich dabei, seelenruhig zu verkünden, wie viele Tage das dauern wird?« schrie sie ihre Schwester an. »Das ist wirklich schändlich! Hast du je im Leben so eine rüde, schändliche Bemerkung gehört?« Sie wandte sich mit erschrecktem Gesichtsausdruck an Bert Hoffer: »Wie kann ich ins Büro gehen, adrett und sauber und glücklich aussehen, wenn ich so was zu Hause erleben muß… wenn meine Schwester dasitzt und sagt, sie wird nur für ein paar Tage verrückt? Wie *kann* ich denn nach alledem noch ins Büro gehen? Wie soll ich da normal aussehen?«

»Ich werde nicht verrückt«, versicherte Sadie ihr erneut mit Sorge in der Stimme, denn obschon sie erleichtert war, daß Evelyn offenbar doch nicht die Wahrheit erraten hatte, war es nicht ihre Art, den billigen Triumph auszukosten, jemanden in die Irre geführt zu haben.

»Du hast gerade gesagt, du würdest verrückt werden«, rief Evelyn hitzig aus. »Stimmt's, Bert?«

»Ja«, antwortete er, »sie hat so was gesagt…«

Evelyns Halssehnen strafften sich, als ihr Blick vom Gesicht ihrer Schwester zu ihrem Mann hinüberglitt. »Sag mir nur noch eins«, forderte sie ihn auf, »geh ich nicht jeden Tag ins Büro und seh adrett und sauber aus? Oder seh ich etwa wie eine Schlampe aus?«

»Du siehst ganz o.k. aus«, sagte Bert.

»Warum spucken mir dann meine Geschwister ins Gesicht? Warum verheimlichen sie alles vor mir, wenn ich so anständig bin? Ich bin freimütig, ich bin aufrichtig, ich halte mit nichts hinter dem Berg. Warum können sie nicht wie alle Geschwister sonst auf der Welt sein? Die eine ist so verrückt, daß sie wegen ihrer Nerven auf *meine* Kosten in einer Hütte leben muß, und die andere nimmt sich seelenruhig vor, verrückt zu werden, und zwar hinter meinem Rücken.« Sie kämpfte sich aus ihrem Stuhl hoch, was sich wie üblich als mühseliges und umständliches Unterfangen erwies. Aufgebracht stieß sie mit einem Ruck den Tisch von sich weg zur Wand gegenüber. »Warum lassen wir nicht genügend Raum auf der einen Seite, wenn wir keinen Besuch haben?« schrie sie die beiden an, denn mittlerweile ärgerte sie sich genauso über Bert Hoffer wie über Sadie. Glücklicherweise saßen beide an den Tischenden, so daß sie nicht unter ihrem rabiaten Ausbruch zu leiden hatten, doch der Tisch rammte die vier Stühle auf der anderen Seite, preßte drei an die Wand und riß den vierten zu Boden.

»Laßt es so«, rief Evelyn pathetisch und den Krach übertönend aus. »Laßt es so bis zum Jüngsten Tag«, und sie stürzte Hals über Kopf aus dem Zimmer.

Sie hörten, wie sie mit hastigen Schritten durch die Diele ging.

»Was ist mit dem Nachtisch?« fragte Bert Hoffer Sadie mit finsterem Blick. Er war ungehalten, weil Evelyn auch mit ihm in scharfem Ton gesprochen hatte.

»Reste vom Brotpudding ohne Rosinen.« Sie war gerade aufgestanden, um den Pudding zu holen, als Evelyn sie aus dem Wohnzimmer rief.

»Kommt her, alle beide«, schrie sie. »Ich hab euch was zu sagen.«

Sie fanden Evelyn auf der Couch, den Kopf zurückgeneigt auf ein Kissen, den Blick starr zur Decke gerichtet. Sie setzten sich gegenüber in die Lehnsessel.

»In jeder anderen Familie könnte ich normal und unbeschwert sein«, sagte sie, »und ich bin normalerweise froh und unbeschwert... nicht trübsinnig. Ich habe Freude an den Dingen.«

»Was hast du heute abend vor?« unterbrach Bert Hoffer sie energisch. »Möchtest du dich weiterhin aufregen oder möchtest du ins Kino?« Die selbstgefälligen Monologe, die stets ihren Ausbrüchen folgten, ödeten ihn an.

Evy sah aus, als hätte sie ihn nicht gehört, aber nachdem sie einige Sekunden mit geschlossenen Augen dagesessen hatte, stand sie auf und eilte aus dem Zimmer. Ihr Mann folgte ihr.

Beide hatten sich nicht verabschiedet. Sadie trat ans Fenster, sobald sie allein war, und schaute hinunter auf den großen unansehnlichen Platz. Straßenbahngleise liefen kreuz und quer in alle Richtungen. Von dort, wo sie stand, sah sie auf fünf Apotheken und sieben Tabakläden. Sie wußte, daß moderne Industriestädte als häßlich galten, aber ihr gefielen sie. ›Ich bin froh, daß Evy und Bert ins Kino sind‹, dachte sie nach einer Weile. ›Evy ist nach einem langen Tag im Büro überempfindlich.‹

Kurz darauf wandte sie sich vom Fenster ab und ging ins Eßzimmer.

»Sieht aus, als wäre hier ein Zug durchgerast«, murmelte sie und schaute ruhig auf die an die Wand geschleuderten Stühle und den unvorteilhaften Winkel, den der Tisch bildete; der Aufruhr in ihrem Innern hatte sich noch nicht gelegt, obschon sie genau wußte, daß sie nach Camp Cataract fahren würde. Nach dem ersten Freudentaumel im Wohnzimmer, als sie sich ihres Planes bewußt geworden war, blieb ein Gefühl der Spannung, eine merkwürdige Mischung aus Angst und Erwartung, die schwer zu ertragen war. Was den technischen Ablauf der Reise selbst anging, war sie weder ängstlich noch aufgedreht. ›Ich rufe morgen an‹, sagte sie sich, ›und erkundige mich, wann die Busse fahren, vielleicht nehme ich auch den Zug. Morgen früh kaufe ich drei Sorten Fleisch für den Hackbraten, wenn ich dran denke. Der hält sich schon ein paar Tage, und wenn nicht, können sie ja zu Martie's gehen, oder Evy macht Bologneser Wurst mit Eiern... das kann sie, Bert auch.‹ Sie schenkte dieser Angelegenheit nicht mehr Aufmerksamkeit als den anderen häuslichen Dingen.

Die Lampe über dem Tisch hing an einer schweren Eisenkette. Sie griff nach der Perlenschnur, um das Licht zu löschen. Als sie losließ, schwang die massive Lampe im Dunklen hin und her.

»Fändest du es so schön beim Wasserfall, wenn du nicht wüßtest, daß es hier die Wohnung gibt?« flüsterte sie in die Dunkelheit, und die Schönheit ihrer Worte ergriff sie aufs neue. »Wieviel mehr werde ich sagen können, wenn ich direkt neben ihr sitze«, murmelte sie beinah ehrfurchtsvoll. »... Und dann kommen wir hierher zurück«, fügte sie wie selbstverständlich hinzu, und war nicht im mindesten erstaunt über ihre Entdeckung, daß der Gedanke, mit Harriet zurückzukehren, schon die ganze Zeit der Ursprung ihres Plans gewesen war.

Ohne sich um das Abräumen des Eßtisches zu kümmern, ging sie in die Küche und knipste das Licht aus. Sie war mit einem Mal hundemüde.

Als Sadie in Camp Cataract ankam, regnete es heftig.

»Das Gebäude mit den Schindeln da ist die Zentrale«, sagte der Taxifahrer. »Die Decke ist dreimal höher als üblich, falls Sie so einen Stil mögen. Gehen Sie rauf zur Veranda und dann hineinspaziert! Das haut Sie glatt um.«

Sadie suchte im Portemonnaie nach dem Geld.

»Meine Frau und ich kommen hierher, wenn wir Lust auf ein Bier haben«, fuhr er fort und gab das Wechselgeld heraus. »Wenn da niemand drin ist, nur nicht nervös werden; das ganze Camp geht Donnerstagabend ins Kino. Das Auto holt sie ab und bringt sie wieder zurück. Sie müssen bald hier sein.«

Nachdem sie sich bedankt hatte, stieg sie aus dem Taxi und ging die Holztreppe zur Veranda hinauf. Ohne zu zögern, öffnete sie die Tür. Der Fahrer hatte nicht übertrieben; der Raum war tatsächlich so groß, daß man an eine Turnhalle denken mußte. Über den ganzen Raum waren Korbstühle und Sitzpolster verteilt, dazwischen standen unzählige abgesägte Baumstümpfe, die als Tischchen dienten.

Sadie sah sich um und strebte dann automatisch auf einen riesigen Kamin zu, an den wegen der Ansammlung von Stühlen und Sitzpolstern schwer heranzukommen war. Sie schlängelte sich zwischen den Sitzgelegenheiten hindurch und stieg über den Rost in das Gewölbe des kalten Kamininneren hinein, das hoch genug war, eine Person mittlerer Größe aufzunehmen. Die eisernen Feuerböcke hatten die Umrisse von Hexen und reichten ihr bis zur Taille. Sie berührte die spitzen Eisenhüte. »Der letzte Schrei«, murmelte sie ohne Begeisterung. »Müssen extra angefertigt sein.« Als sie aus dem Kamin in den Raum sah, bemerkte sie, daß sie nicht allein war. Etwa fünfzehn Meter entfernt saß eine dicke Frau im Licht einer Glühbirne und las.

›Sie weiß nicht einmal, daß ich hier im Kamin bin‹, dachte Sadie. ›Weil der Regen so laut ist, hat sie mich wahrscheinlich nicht gehört, als ich hereingekommen bin.‹ Sie wartete eine Zeitlang geduldig; doch als ihr der

Verdacht kam, es könnte endlos dauern, bis die Frau ihre Gegenwart zur Kenntnis nahm, rief sie, um den Regen zu übertönen, überlaut zu ihr hinüber: »Haben Sie etwas mit der Verwaltung von Camp Cataract zu tun?«

Die Frau hörte auf zu lesen und machte sofort das Licht aus, da die grelle Glühbirne sie daran hinderte, etwas außerhalb des Lichtradius zu erkennen.

»Nein, habe ich nicht«, antwortete sie mit dröhnender Stimme. »Warum?«

Sadie, der nichts auf diese Frage einfiel, schwieg.

»Meinen Sie, ich sehe wie eine Verwalterin aus?« fragte sie weiter, und da Sadie offensichtlich keinerlei Anstalten machte, eine Antwort zu geben, setzte sie die Unterhaltung selbst fort.

»Man könnte mich schon für die Verwalterin hier halten, ich bin untersetzt, und untersetzte Leute sehen eben so aus; und im richtigen Alter dafür bin ich auch. Aber ich bin nicht die Verwalterin…, ich verwalte überhaupt nichts, nirgendwo. Ich habe einen gebieterischen Schädel, zugegeben, ich bin aber eher ein französischer Typ. Ich würde mich lieber amüsieren, statt Befehle zu erteilen.«

»Französisch…« wiederholte Sadie zögernd.

»Nicht französisch«, verbesserte die Frau sie. »Französischer *Typ*, mit einer Spur echten Bluts.« Ihre Stimme war kalt und streng.

Dann sprach eine Weile niemand, und Sadie hoffte, die Unterhaltung sei damit endgültig zu Ende.

»Individualität ist für mich das Allerhöchste«, verkündete die Frau plötzlich, sehr zu Sadies Enttäuschung. »Das ist auch mit der Grund, warum ich heute abend nicht ins Kino gegangen bin. Ich mag nicht in einer Gruppe mitlaufen, und den Film habe ich schon gesehen.« Sie rückte den

Stuhl vor, als ob sie dadurch besser verstanden würde. »Die Ständigen hier – wir nennen diejenigen, die länger als vierzehn Tage bleiben, die Ständigen – sind alle ganz versessen auf solche Gleich-und-gleich-gesellt-sich-gern-Unternehmungen. Wenn Sie sich umschauen, können Sie selbst sehen, daß die Möbel fürs gesellige Beisammensein arrangiert sind. Sollen die sich nur dafür begeistern, aber ohne mich. Ich halte mich mit meinem Stuhl abseits, und wenn mir danach zumute ist, schließe ich mich dem einen oder anderen Kreis an... es gibt etwa zehn oder zwölf Kreise. Haben Sie nicht auch was gegen das Eingeengtsein in einer Gruppe?«

»Bei uns zuhaus hat's keine Gruppe«, antwortete Sadie kurz angebunden.

»Ich kann mich auch nicht für diesen Gruppenkult begeistern«, redete die Frau weiter, »genauso wenig wie für dieses krampfige Kontakteknüpfen. Und übrigens hab ich auch was gegen Einzelkult. Höchstwahrscheinlich bin ich mit einer so starken und glücklichen Natur ausgestattet, daß ich nicht den Drang habe, mir Gedanken über das da oben zu machen. Ich komme im Leben voll auf meine Kosten, egal, ob's da oben jemand gibt oder nicht. Eine Gruppe läßt jemand mit soviel Schwung nicht zu... niemals. Sie wissen ja, was faule Äpfel in einem Faß mit gesunden anrichten können!«

Sadie, die zum ersten Mal mit einem Agnostiker zusammentraf, war von dieser lästerlichen Rede tief schockiert. ›Ich wette, sie hat, als sie jünger war, mit einer Menge Männern geschlafen, ohne mit denen verheiratet zu sein‹, sagte sie sich.

»Die meisten Leute, die einem so über den Weg laufen, sind krank und nervös«, schloß die Frau ihre Rede, wobei sie Sadie mit einem kalten Blick musterte, sich dann ohne weitere Bemerkung aus ihrem Stuhl hochstemmte und auf eine Seitentür am anderen Ende des Raums zuging. Als sie sich der Tür näherte, riß Beryl diese von der anderen Seite her auf und wurde sofort von der Frau auf den Neuankömmling hingewiesen. Beryl ging zu Sadie hinüber und fragte, ob sie ihr behilflich sein könne, was sie nicht davon abhielt, aus einer Büchse Bohnen zu löffeln. »Ich kann Ihnen die Zimmer zeigen«, schlug sie vor. »Es sei denn, Sie wollen lieber warten, bis die Verwalterin vom Kino zurück ist.«

Als ihr jedoch nach einem kurzen Gespräch mit Sadie klar wurde, daß sie es mit Harriets Schwester zu tun hatte, verfinsterte sich ihre Miene, der Blick wurde feindselig, und sie löffelte ihre Bohnen etwas langsamer.

»Harriet hat mir nichts davon gesagt, daß Sie kommen«, sagte sie schließlich, unüberhörbar abweisend im Ton.

Sadies Herz begann schneller zu schlagen, als sie sich nun ihrerseits bewußt wurde, daß diese Frau in Knickerbockers die Kellnerin Beryl war, von der Harriet so oft in ihren Briefen und zuhause gesprochen hatte.

»Es ist eine Überraschung«, sagte Sadie. »Ich wollte eigentlich schon früher kommen. Ich hab's Harriet schon seit langem versprochen, sie hier zu besuchen, aber ich konnte nicht kommen, bevor ich eine Nachbarin gefunden hatte, die für Evy und Bert kocht. Sie sind Mann und Frau… meine Schwester Evy und ihr Mann Bert.«

»Ich weiß Bescheid über die zwei«, bemerkte Beryl mürrisch. »Harriet hat mir alles über sie erzählt.«

»Würden Sie mich bitte zur Hütte meiner Schwester bringen?« bat Sadie, hob ihren Koffer auf und trat einen Schritt vor.

Beryl stocherte weiter in ihren Bohnen, ohne sich zu rühren.

»Ich dachte, ihr von der Familie habt da so eine Art Abkommen«, sagte sie. Aus Liebe zu ihrer Freundin hatte sie ganze Passagen aus Harriets Monologen im Gedächtnis behalten, obwohl sie der Inhalt dieser Selbstgespräche nicht im mindesten interessierte. »Ich dachte, ihr übrigen sollt in der Wohnung bleiben, während sie im Camp ist.«

»Bert Hoffer und Evy haben Camp Cataract nie besucht«, antwortete Sadie direkt und ohne irgendwelche Ausflüchte.

»Allerdings nicht«, verkündete Beryl triumphierend. »Das ist Teil des Abkommens. Sie sollen zuhaus bleiben, solange sie hier im Camp ist; Anordnung des Arztes.«

»Sie kommen auch nicht«, wiederholte Sadie, und immer noch hatte sie nicht den listigen Gesichtsausdruck bekommen, den Beryl jeden Augenblick bei ihr zu sehen erwartete, sondern zeigte statt dessen die Miene eines Menschen, der aufmerksam zuhört, auch wenn man zu ihm in einer fremden Sprache redet. Die Kellnerin spürte, daß alle ihre Versuche, einen Streit anzuzetteln, fürs erste erfolgreich abgewehrt worden waren, und mit Bedacht eine Melodie vor sich hinpfeifend, rückte sie polternd einige Stühle zurecht. »Ich sag Ihnen was«, begann sie und hörte ebenso abrupt mit ihrer Geschäftigkeit auf, wie sie damit begonnen hatte. »Statt Sie zu den *Kiefernzapfen* zu bringen – so heißt das Wäldchen, wo sich ihre Hütte befindet –, gehe ich selbst hin und sag ihr, sie soll hierher zum Hauptgebäude kommen. Sie hat einen tollen Regenschutz, so daß sie auf dem Weg durchs Wäldchen nicht naß wird, im Gegensatz zu Ihnen... sind jede Menge Kiefern da draußen...«

Sadie nickte stumm, ging zu einem bizarr aussehenden Sessel und setzte sich.

»Mit dem Sessel da haben die Leute viel Spaß. Wenn sie betrunken sind«, sagte Beryl und zeigte auf die Rückenlehne, die aus einer riesigen strohgeflochtenen Scheibe bestand. »Also... bis dann...« Sie entfernte sich. »Mein liebes Tal...«, hörte Sadie sie singen, als sie aus der Tür ging.

Sadie hob den Deckel der linken Armlehne und zog aus einer gewebten Tasche zwei Bücher. Der größere Band hatte den Titel: *Wachstum und Entwicklung der Ölgesellschaften in Texas,* und der dünnere hieß: *Geschichten aus fremden Landen.* Hastig legte sie die Bücher wieder zurück und klappte den Deckel zu.

Harriet öffnete Beryl die Tür und schloß sie sofort wieder, doch selbst diese kurze Zeit hatte genügt, um die Holzschwelle völlig zu durchnässen. Harriet trug einen lavendelfarbenen Kimono mit einem üppigen Rüschenkragen; ihr Gesicht darüber war bleich vor Schrecken über Beryls späten und unerwarteten Besuch. Sie befürchtete, daß die Kellnerin vielleicht betrunken war. ›Ich habe mir in dieser Welt doch nicht mühsam einen Freiraum erkämpft, nur um mich dann mit Betrunkenen abzugeben‹, sagte sie sich mit bitterer Heftigkeit. Ihr Haar hing lose auf die Schultern herab, und Beryl schaute sie einen Augenblick in stummer Bewunderung an, bevor sie die Neuigkeit verkündete.

»Deine Schwester Sadie ist drüben im Hauptgebäude«, sagte sie, als sie sich wieder gefangen hatte; danach schlurfte sie unsicher zu ihrem gewohnten Platz in der dunkelsten Ecke des Raums.

»Was sagst du?« fragte Harriet in scharfem Ton.

»Deine Schwester Sadie ist im Hauptgebäude«, wiederholte sie und wagte nicht, sie anzusehen. »Deine Schwester Sadie, die dir den Brief über die Wohnung geschrieben hat.«

»Aber sie kann es nicht sein!« kreischte Harriet. »Sie kann es nicht sein! Es war abgemacht, daß niemand mich hier besuchen kommt.«

»Genau das habe ich ihr auch gesagt«, warf Beryl ein.

Harriet begann auf und ab zu gehen. Ihre Pupillen waren geweitet, und sie sah aus, als werde sie gleich die Kontrolle über sich verlieren. Auf einmal ließ sie sich auf die Bettkante fallen und zog in gierigen Zügen die Luft ein. Sie wandte ein Verfahren an, von dem sie glaubte, es habe sie schon oft vor einem schweren hysterischen Anfall bewahrt, doch Beryl, die nichts davon wußte, war entsetzt und völlig durcheinander. »Ganz ruhig«, flehte sie Harriet an. »Ganz ruhig!«

»Spritz etwas Wasser in mein Gesicht«, verlangte Harriet, und ihre Stimme klang sehr fremd, aber Schrecken und Erstaunen ließen Beryl wie festgenagelt dasitzen, so daß Harriet zum Waschbecken taumelte und gezwungen war, es selbst zu tun. Nachdem sie fünf Minuten lang den Kopf unter Wasser gehalten hatte, trocknete sie mit einem Handtuch Gesicht und Brust ab und ging wieder auf und ab. Ihr Gesicht bekam mehr und mehr einen empörten Ausdruck, die Bestürzung nahm ab. »Das Tolpatschige daran, *das* finde ich so entsetzlich«, jammerte sie, und ihre Stimme klang jetzt leicht theatralisch. »Wenn sie sich in den Kopf gesetzt hat, meine Pläne zu vereiteln, warum tut sie es dann nicht mit etwas Stil, mit ein klein wenig Raffinesse? Ich kann mir nichts Tolpatschigeres vorstellen, als sich einfach in den Zug zu schmeißen und mir nichts, dir nichts hierher zu rattern. Sie hat keinen Sinn fürs Ränkeschmieden, für grandiose Intrigen... nicht die Spur davon. Wer nur Sadie kennenlernt, muß glauben, die Familie lebt vom Kartoffelanbau. Auch Evy macht keinen viel besseren Eindruck. Wenn man sie kennenlernt, meint man bestimmt, daß wir alle Angestellte sind! Immerhin geht sie ins Geschäft... Sie sitzt nicht den ganzen Tag herum und denkt darüber nach, wie sie mein Leben vermasseln kann. Sie denkt über Bert Hoffer nach. Puh!« Sie verzog das Gesicht.

»Wann habt ihr, Sadie und du, angefangen, euch zu streiten?« fragte Beryl.

»Ich streite mich nicht mit Sadie«, antwortete Harriet und reckte stolz den Kopf. »Es würde mir nicht im Traum einfallen, wie ein gewöhnliches Fischweib herumzuzanken. Alles, was sich zwischen uns abspielt, spielt sich im Verborgenen ab. Das war schon immer so. Seit meiner frühesten Kindheit habe ich alles vor ihr geheimgehalten. Sie ist sich völlig im klaren darüber, daß ich weiß, daß sie mich aus lauter Eifersucht wie eine Gefangene in der Wohnung zu halten sucht, und sie weiß auch, daß ich Angst habe, als Herumtreiberin zu gelten, und das vereinfacht die Angelegenheit für sie. Sie tut so, als sei sie besorgt, ich könnte mich vergessen, wenn ich die Wohnung verlasse, und mit einem Mann eine Dummheit begehen, ohne mit ihm verheiratet zu sein, aber sie weiß nur zu genau, daß ich kalt wie Eis bin. Männer interessieren mich nicht im geringsten... Frauen übrigens auch nicht; und dennoch, wenn ich unter den üblichen dramatischen Umständen aus der Wohnung stürmen würde, könnte sie denken, ich sei eine Herumtreiberin auf dem Weg zu einem Mann... und diese Genugtuung will ich Sadie nicht geben, niemals. Was das

Heiraten betrifft, gebe ich natürlich zu, daß ich komisch bin und daß da etwas nicht stimmt mit mir, und doch wollte ich nicht heiraten. Ich finde die ganze Idee, daß man mit einem Partner durchs Leben gehen soll, in jeder Hinsicht abstoßend.« Sie hielt inne, doch nur kurz. »Glaub ja nicht«, fügte sie streng hinzu, den Blick direkt auf Beryl gerichtet, »glaub ja nicht, nur weil ich ein bißchen komisch bin und nicht so wie die anderen, mach ich kein Getue um mein Leben. Ich *mache* Getue darum, und ich *hasse* Skandale.«

»Zum Teufel mit allen Schwestern!« rief Beryl glücklich aus. »Ihnen allen einen ordentlichen Tritt in den Hintern!« Sie hatte die Fassung zurückgewonnen, da sie bemerkte, daß wieder Farbe in Harriets Wangen kam, und sie malte sich gerade mit Freude aus, daß Sadies Ankunft vielleicht dazu beitragen könnte, die Bande der Freundschaft zwischen ihr und Harriet zu stärken, als diese das Gesicht im Schoß verbarg und in Tränen ausbrach. Beryl ließ den Kopf hängen und errötete über ihre eigene Leichtfertigkeit.

»Ich kann nicht mehr«, schluchzte Harriet bekümmert. »Ich kann nicht... ich bin alt... ich bin viel zu alt.« Sie brach zusammen und wimmerte so herzzerreißend, daß Beryl vor Kummer die Hände rang und an ihre Seite stürzte, denn sie war gegenüber den Menschen, die sie liebte, sehr mitfühlend. »Du bist nicht alt... du bist schön«, sagte sie und errötete wieder, und im Herzen fühlte sie Dankbarkeit, daß die Vorsehung ihr die Gelegenheit gegeben hatte, die Freundin in der Stunde des Schmerzes zu trösten und ihr gleichzeitig ihre Bewunderung auszudrücken.

Nach einer Weile ließ Harriets Schluchzen nach; sie sprang vom Bett auf und packte die Kellnerin am Arm.

»Beryl«, brach es aus ihr heraus, »du mußt sofort zum Hauptgebäude zurücklaufen.« Ihre Augen, in denen noch die Tränen standen, hatten etwas Listiges.

»Tu ich«, antwortete Beryl.

»Geh zum Hauptgebäude zurück und sieh nach, ob dort noch ein Zimmer frei ist; wenn ja, trag ihr Gepäck dorthin, damit eine Übernachtung in meiner Hütte gar nicht erst in Frage kommt. Ich kann sie nicht bei mir aufnehmen. Die Hütte ist der einzige Platz in der ganzen Welt, den ich habe.« Das Listige in ihrem Blick verschwand wieder, und sie schaute Beryl mit aufgerissenen, erschreckten Augen an. »... Und wenn's kein Zimmer gibt?« fragte sie.

»Dann bring ich sie bei mir unter«, beruhigte Beryl sie. »Ich habe eine nette kleine Hütte ganz für mich; die kann sie haben, und ich schlupf zum Schlafen bei irgendeiner blöden Kellnerin unter.«

»Ja, dann«, sagte Harriet, »beeil dich! Bring ihre Reisetasche nach oben, auf ein Zimmer im Anbau, oder in deine Hütte, bevor sie die Möglichkeit hat, etwas zu sagen, und komm dann gleich zu mir zurück. Ich schaffe es allein nicht durch dieses Kiefernwäldchen... jetzt... ich weiß, ich kann es nicht.« Sie kam nicht auf den Gedanken, Beryl für das freundliche Angebot, das sie gemacht hatte, zu danken.

»Ist gut«, sagte die Kellnerin. »Ich bin im Nu wieder da, und mach dir keine Sorgen.« Einen Augenblick später trottete sie mit glänzenden Augen schwerfällig durch das triefend nasse Wäldchen.

Als Beryl das Hauptgebäude betrat und sich ohne Erklärung Sadies Gepäck schnappte, protestierte Sadie nicht.

Auf der gegenüberliegenden Seite führte eine Stiege zu einer schmalen Empore auf halber Höhe zwischen Decke und Boden hinauf. Sadie beobachtete, wie die Kellnerin die Treppe hochstieg, doch sobald sie den Absatz erreicht hatte, bemühte sie sich nicht mehr, nach oben zu schauen und die auf der Holzgalerie Davoneilende im Auge zu behalten.

Eine große Kälte war ihr in die Glieder gekrochen, sie war wie gelähmt. Wann genau dieser Zustand dem vorherigen gefolgt war, konnte sie nicht sagen, auch dachte sie nicht daran, sich diese Frage zu stellen, aber ein Gefühl der Angst lag jetzt wie ein Stein in ihrer Brust, wo zuvor noch hochgespannte Erwartung gewesen war. ›Ich bin so niedergedrückt‹, dachte sie, ›mir ist, als wär ich auf meiner eigenen Beerdigung.‹ Das sagte sie sich nicht im Ton übertriebener Schwermut, in die sich manche hineinsteigern, um so ihrer trüben Stimmung Herr zu werden, sondern in vollem Ernst und mit der ihr eigenen Passivität; sie hatte in der Tat den demütigen Gesichtsausdruck der Kranken, die sich in einer Armenklinik behandeln lassen. Es kam ihr nicht in den Sinn, daß es zwischen ihrer gegenwärtigen Niedergeschlagenheit und der Mission, die zu erfüllen sie nach Camp Cataract gekommen war, eine Beziehung geben könnte, auch entging ihr völlig, daß sie die Worte, mit denen sie Harriet bezaubern und zur Rückkehr bewegen wollte, vergessen hatte, daß sie ihr nicht mehr auf der Zunge lagen wie während der ganzen letzten Woche. Sie hatte Angst, daß etwas Schreckliches passieren könnte, doch was auch immer geschehen mochte, dieses Unglück ging sie so wenig an wie ein entgleister Zug. ›Hoffentlich passiert nichts Schlimmes…‹, dachte sie ohne allzu große Hoffnung.

Harriet knallte die Eingangstür zu, und Sadie sah auf. Im ersten Moment erkannte sie die Frau nicht, die da im tropfenden Regenmantel mit Kapuze auf der Schwelle stand, Beryl neben ihr. Um die Schuhe der beiden Frauen bildeten sich Wasserlachen. Harriet hatte mehr Rouge als sonst aufgelegt, um alle Spuren ihres Weinkrampfes zu verwischen. Ihre Augen glänzten, ihr Lächeln war aufgesetzt und hart.

»Ein Wetter zum Verkriechen«, rief sie zu Sadie hinüber in einem Ton, von dem sie glaubte, daß er herzlich und zugleich vornehm klang; ihre Absicht war nicht, ihre Schwester zu beeindrucken, sondern sie in sicherer Distanz zu halten.

Statt zur Tür zu eilen, blickte Sadie sie verdutzt an. Harriet kam ihr robuster vor und im Gesicht gröber als noch vor fünf Wochen daheim, und doch war ihr klar, daß eine derart rasche Veränderung der Physiognomie kaum möglich war. Nachdem sie sich gefangen hatte, stand sie auf und ging zu ihrer Schwester, um sie in die Arme zu schließen. Die Umarmung brachte wegen Harriets nassem Regenmantel nicht die erhoffte Nähe, und das Gefühl der Entfremdung verstärkte sich. Sadie wich zurück.

Beim Klang ihrer eigenen Stimme, die sich so herzlich und vornehm anhörte, hatte sich Harriet ungeheuer sicher gefühlt, daß sie ihre Schwester für die Dauer ihres Besuches würde in Schach halten können, wenn sie nur weiter diese Taktik verfolgte. Um ihre Erfolgsaussichten noch zu verstärken, hatte sie sich entschieden, Sadie nicht sofort nach dem Grund ihres Kommens zu fragen, sondern ihren Besuch als etwas ganz Selbstverständliches und Beiläufiges zu behandeln.

»Hast du zugenommen?« fragte Sadie, da ihr nichts anderes einfiel.

»Ich nehme nie zu«, entgegnete Harriet rasch. »Ich mag Obst, aber keine Kohlehydrate.«

»Ja, du magst Obst«, sagte Sadie nervös. »Möchtest du was? Ich habe noch einen Apfel vom Mittagessen übrig.«

Harriet sah sie entgeistert an. »Jetzt?« rief sie. »Beryl kann dir bestätigen, daß ich abends nie esse; ich gehe abends niemals zum Hauptgebäude, *nie*. Ich bleibe in meiner Hütte. Ich habe dir ja alles darüber geschrieben, wie früh ich aufstehe... Ich habe keine Ahnung, was sich abends im Hauptgebäude tut«, fügte sie fast wütend hinzu, als hätte ihr Sadie vorgeworfen, ein Nachtschwärmer zu sein.

»Nicht?« sagte Sadie und blickte sie verständnislos an.

»Nein. Hast du übrigens Hunger?«

»Wenn sie Hunger hat«, mischte Beryl sich ein, »können wir in die *Grotte* gehen, und ich bringe ihr das Essen dorthin. Die Tische im Hauptspeisesaal sind alle schon fürs Frühstück morgen gedeckt.«

»Ich kann die *Grotte* nicht ausstehen«, sagte Harriet mit überraschender Bitterkeit. Ihre Stimme hatte an Schärfe zugenommen, und wenn sie auch immer noch vornehm klang, so war sie doch nicht mehr herzlich.

»Ich bin nicht hungrig«, versicherte Sadie den beiden. »Ich bin müde.«

»Ja dann«, antwortete Harriet schnell und packte die Gelegenheit beim Schopfe, »dann setzen wir uns hier ein Weilchen hin, und danach gehst du schlafen.«

Die drei ließen sich in den Korbstühlen beim kalten Kamin nieder. Sadie saß Harriet und Beryl gegenüber, die beide ihre Regenmäntel anbehielten.

»Ich hasse die *Grotte* regelrecht«, fuhr Harriet fort. »Tatsache ist, daß ich mich überhaupt nie beim Hauptgebäude blicken lasse. Dieser Teil vom Camp Cataract interessiert mich nicht. Mein Interesse gilt dem Kiefernwäldchen, meiner Hütte, den Felsen, den Flüssen, der Brücke und der ganzen Naturschönheit der Umgebung... auch dem Himmel.«

Obwohl der Regen immer noch aufs Dach trommelte, kam Sadie Harriets Stimme unerträglich laut vor, und sie konnte sich des Eindrucks nicht erwehren, daß ihre Schwester im Gesicht dicker geworden war. »Jetzt erzähl mir mal«, hörte sie Harriet mit lauter Stimme sagen, »von der Wohnung... Was gibt's Neues? Wie klappt's mit dem Abendessen? Wie geht's Evy und Bert?«

Während sich Sadie noch abmühte, diese Fragen zu beantworten, was ihr seltsamerweise schwerfiel, tauchte zum Glück wieder die stämmige Agnostikerin auf, wodurch Harriet sofort abgelenkt wurde.

»Rover«, rief sie fröhlich durch den Raum, »komm, setz dich zu uns. Meine Schwester Sadie ist hier.«

Die Frau gesellte sich zu ihnen und setzte sich neben Beryl, so daß Sadie nun allen dreien gegenüber saß.

»Ist das eine Überraschung, dich abends im Hauptgebäude zu sehen, du Einsiedler«, bemerkte sie zu Harriet ganz ohne neckischen Unterton.

»Da hast du's!« Harriet nickte Sadie mit größter Genugtuung zu. »Ich hab also nicht geschwindelt. Wie geht's Evy und Bert?« fragte sie wieder mit einem leichten Zukken im Gesicht. »Ist es heiß in der Wohnung?«

Sadie nickte.

»Ich weiß nicht, wie lange du zu bleiben gedenkst«, schwatzte Harriet weiter, die sich zunehmend stärker und darum unbekümmerter fühlte, »aber ich breche übermorgen zu einer fünftägigen Kanufahrt auf. Wir fahren den Fluß hinauf bis zu den Pocahontas-Fällen... Ich fahre um vier in der Früh los, was auch den Tag morgen ziemlich ruiniert. Ich freue mich schon seit dem letzten Frühling auf diese Fahrt, als ich mir, noch von der Wohnung aus, einen Platz reserviert habe. Es gibt nur eine begrenzte Anzahl von Kanus und Führern... Ich bin, wie du ja weißt, eine leidenschaftliche Kanufahrerin, und es ist mir ein leichtes, mich auf der ganzen Fahrt zu den Wasserfällen – hin und zurück – als Rothaut zu fühlen.«

Sadie sagte nichts.

»Daran ist nichts Besonderes«, rechtfertigte sich Harriet. »Es entspricht meinem Haß auf die Industrialisierung. Auf jeden Fall siehst du, wie verstümmelt der morgige Tag ist. In der Früh muß ich mein Zeug packen und abends spätestens um halb neun im Bett sein, damit ich um vier aufstehen kann. Ich werde nur einmal richtig essen, und zwar um zwei Uhr mittags. Ich schlage vor, wir treffen uns um zwei hinter dem Andenkenstand; du wirst ihn morgen gleich sehen.« Harriet wartete zuversichtlich darauf, daß Sadie diesem Vorschlag zustimmen würde, aber ihre Schwester schwieg.

»Wo wir von dem Stand sprechen«, sagte Rover, »ich werde dieses Jahr kein einziges Souvenir mit nach Hause bringen. Sie sind teuer und nichts Bleibendes.«

»Du kannst Meeresdrops in der Stadt bei Gerald's kaufen«, sagte Beryl zu ihr. »Letzte Woche habe ich dort welche gesehen. Schmecken ein bißchen muffig, sind dafür aber spottbillig.«

»Was soll das denn, Meeresdrops im Gebirge verkaufen?« fragte Rover gereizt.

Sadie hörte der Unterhaltung nur mit halbem Ohr zu. Sie saß da und beobachtete die Frauen, und auf einmal konnte sie alle drei nicht mehr erkennen, als hätte sie die Tür irgendeiner Zahnarztpraxis aufgerissen und sähe dort drei Fremde sitzen. Sie sprang in panischer Angst auf.

Harriet erschrak. »Was ist?« schrie sie ihre Schwester an. »Was starrst du so? Bist du verrückt?«

Sadie war bleich geworden, und unter ihrem Filzhut bildeten sich Schweißperlen; aber die Frauen, die ihr gegenüber saßen, hatten schon wieder das richtige Verhältnis zu ihr und der Situation. Ihr Gesicht entspannte sich, und obwohl ihre Beine infolge dieses kurzen, doch schockierenden Erlebnisses immer noch zitterten, fühlte sie sich ungeheuer erleichtert, daß alles vorbei war.

»Warum bist du aufgesprungen?« kreischte Harriet sie an. »Ist es, weil du in Camp Cataract bist und nicht in der Wohnung?«

›Es muß die lange Zugfahrt gewesen sein, und nichts zu essen...‹ dachte Sadie, ›nur ein Sandwich.‹

»Ist es, weil du in Camp Cataract bist und nicht in der Wohnung?« insistierte Harriet. Sie hatte richtig Angst bekommen und wünschte sich, Sadie habe den Anfall vorsätzlich bekommen und nicht unfreiwillig wie sie ihre eigenen Anfälle.

»Die Fahrt mit dem Zug war lang und schmutzig«, sagte Sadie mit müder Stimme. »Ich hatte den ganzen Tag nur ein Sandwich, ohne Senf oder Butter... nur den Belag. Ich habe nicht mal mein Obst gegessen.«

»Beryl hat doch angeboten, dir in der *Grotte* etwas zu essen zu bringen!« tobte Harriet. »Möchtest du jetzt was oder nicht? Mach den Mund auf, um Himmels willen!«

»Nein... nein.« Sadie schüttelte bekümmert den Kopf.

»Ich glaub, ich geh jetzt am besten schlafen. Bring mich zu deiner Hütte... Ich habe meine Pantoffel und meinen Kimono und mein Nachthemd in meiner Reisetasche«, fügte sie hinzu und schaute sich mit vagem Blick um, denn die Tatsache, daß Beryl ihr Gepäck weggetragen hatte, war ihr nicht wirklich zu Bewußtsein gekommen.

Harriet sah Beryl mit Verschwörermiene an und schaffte es, sie schnell noch zu zwicken. »Beryl hat dich in einem der oberen Zimmer im Anbau untergebracht«, teilte sie Sadie in gespieltem Plauderton mit. »Du wirst es hier viel bequemer haben als drüben in meiner Hütte. Wir haben alle Petroleumlampen im Wäldchen, und du weißt ja, wie sehr du angewiesen bist auf elektrisches Licht.«

Da Sadie eigentlich nie ohne Elektrizität gelebt hatte, wußte sie nicht, ob sie darauf angewiesen war oder nicht, aber sie war zu müde, um etwas darauf zu sagen.

»Ich stehe furchtbar früh auf, und außerdem zieht's in meiner Hütte«, fuhr Harriet fort. »Du wirst es hier viel besser haben. Außerdem würdest du die Boulder-Dam-Zelte hassen. Die Wigwams sind ohnehin eigentlich für Jungen, und sie sind immer belegt. Es gibt eine überdachte Brücke, die von diesem Gebäude zum Anbau im zweiten Stock führt, was auch von Vorteil ist.«

»O.k., Leute«, mischte sich Beryl ins Gespräch, da sie glaubte, sie könne Harriet am besten helfen, wenn sie zur Aktivität antrieb. »Gehn wir.«

»Ja«, stimmte Harriet zu, »wenn wir nicht bald das Gebäude verlassen, kommen die Leute vom Kino zurück, und denen wollen wir doch bestimmt entgehen.«

Sie wünschten Rover eine gute Nacht und stiegen die Treppe hinauf.

»Diese Balustrade ist aus jungem Birkenholz gemacht«,

erzählte Harriet, als sie oben die schmale Galerie entlanggingen. »Ich finde, sie paßt ausgezeichnet zur Eingangshalle, nicht?«

»Ja, stimmt«, antwortete Sadie.

Beryl öffnete die Tür, die vom Balkon auf die überdachte Brücke führte, trat hindurch und winkte den anderen zu. »Hier geht's zur Brücke«, sagte sie und schaute über die Schulter. »Du hast den Anbau nie besucht, oder?« fragte sie Harriet.

»Dazu bestand kein Anlaß«, erwiderte Harriet gereizt. »Du weißt doch, was mir die Hütte bedeutet.«

Sie gingen im Dunklen über die unebenen Bohlen. Windböen fuhren ihnen um die Knöchel, und trotz des Holzdachs wurden sie ständig vom Regen bespritzt. Sie erreichten jedoch schnell die Tür am anderen Ende, wo sie zwei Stufen zu einem kurzen, hell erleuchteten Gang hinunterstiegen. Beryl schloß die Tür zur Brücke hinter ihnen. Der Geruch von frischem Gips und Zement machte die feuchte Luft schwer.

»Das ist der Anbau«, sagte Beryl. »Wir stecken meist die alten Damen hier rein, weil sie zum Speisesaal und zurück gehen können, ohne nach draußen zu müssen ... und sie haben auch gleich die Toilette da.« Sie stieß eine Tür auf und zeigte sie ihnen. »Und außerdem«, fügte sie hinzu, »haben wir es nicht gern, wenn die alten Damen mit Petroleumlampen rumhantieren, und hier haben sie Elektrizität.« Sie führte sie in ein kleines Zimmer unmittelbar zu ihrer Linken und knipste das Licht an. »Hübsch, nicht?« bemerkte sie und sah sich mit deutlicher Genugtuung um, als ob sie selbst das Zimmer eingerichtet hätte; dann ging sie betont lässig zu einer modernistischen Schrankkommode und polierte eine Kante mit ihrem Taschentuch. Das

Möbelstück war aus glänzend braunem Holz mit einem runden rahmenlosen Spiegel. »Solide und sieht gut aus«, sagte Beryl und klopfte mit den Fingerknöcheln auf das Holz. »Jedes Zimmer hat so eins.«

Sadie sank, ohne abzulegen, auf die Bettkante. Auch hier war der durchdringende Geruch von Gips und Zement in der Luft, und immer noch zog der Wind um ihre Füße, diesmal über die schlampig verlegte Türschwelle.

»In den Hütten zieht's viel schlimmer als hier«, versicherte Harriet Sadie von neuem. »Du wirst es hier im Anbau bequemer haben.« Sie war zuversichtlich, daß die Unterbringung ihrer Schwester im Anbau ihrem Plan zugute kommen würde, weiterhin jegliche Aussprache zwischen ihnen abzublocken.

Sadie war zum Umfallen müde. Ihr Hut war vom Regen durchweicht und drückte unangenehm gegen ihre Schläfen, aber sie machte keinen Versuch, ihn abzunehmen. »Ich muß wohl schlafen«, murmelte sie. »Ich kann mich kaum noch auf den Beinen halten.«

»Ist gut«, sagte Harriet, »aber vergiß nicht, morgen um zwei am Andenkenstand... du kannst ihn nicht verfehlen. Ich will in der Früh niemanden sehen, ich kann meine Kanusachen viel besser allein packen... es ist furchtbar kompliziert... Aber wenn ich mich beeile, könnte ich dich um halb zwei treffen; wär dir das lieber?«

Sadie nickte.

»Ich tu also mein Möglichstes... Weißt du, morgens trainiere ich immer für ein bis zwei Stunden meine Phantasie. Das bekommt mir unheimlich gut, doch morgen mache ich es kurz.« Sie küßte Sadie leicht auf ihren Filzhut. »Gute Nacht«, sagte sie. »Habe ich irgend etwas vergessen zu fragen, was die Wohnung angeht?«

»Nein«, versicherte Sadie ihr. »Du hast nach allem gefragt.«

»Dann gute Nacht«, sagte Harriet nochmals und ging, von Beryl gefolgt, aus dem Zimmer.

Als Sadie am nächsten Tag aufwachte, lastete bleischwer ein Gefühl von großer Angst auf ihrer Brust. Kaum hatte sie das Zimmer verlassen, als sich tief im Innern, wie der Schlag eines kleinen Flügels, Panik regte. Sie war übermäßig besorgt, daß sie, wenn sie sich ein Stück vom Hauptgebäude entfernte, in die Irre gehen und somit zu spät zu ihrer Verabredung mit Harriet kommen könnte. Diese Angst trieb sie dazu, schon eine ganze Stunde vor der Zeit neben dem Souvenirstand zu stehen. Zum Glück bot der Kiosk, der auf einem kleinen Hügel lag, einen herrlichen Ausblick auf den Wasserfall, der von hohen Felsklippen in eine tiefe Schlucht hinunterstürzte. Eine abenteuerlich verzierte Brücke überspannte nur wenige Meter unterhalb ihres Aussichtspunktes die Schlucht, so daß sie die Menschen beobachten konnte, die die Brücke zwischen Camp und Wasserfall überquerten. Ein Indianerhäuptling in voller Kriegstracht saß am Anfang der Brücke auf einem Küchenstuhl. Sein herrlicher Kopfschmuck bewegte sich anmutig im Wind, während er damit beschäftigt war, eine geringe Gebühr zu kassieren, die alle Touristen zahlen mußten, wenn sie vom Wasserfall zurückkehrten; er gab ihnen das Wechselgeld aus einem vernickelten Schaffnergurt, den er über seiner mit winzigen Perlen verzierten Hirschlederjacke trug. Er war Ire und von der Geschäftsleitung ausgesucht. Sie stellte ihm auch die Tracht zur Verfügung. In letzter Zeit war er nachlässig geworden und hatte es oft unterlassen, seine sommersprossigen Hände genauso mit dunkler ziegelsteinroter Schminke zu bemalen wie das Gesicht. Er teilte sich seine Zeit zwischen Brücke und Souvenirstand auf und stieg den Hügel hinauf, sobald er einen Kunden erspähte.

Hölzerne Bögen im gotischen Stil spannten sich in dichter Folge über die Brücke; auf ihren Spitzen flatterten bunte Fähnchen, von denen jedes die Initialen des Camps trug, einige hatten glänzende Fransen. Nur ein paar Meter entfernt befand sich die Speiseterrasse, ein riesiger Steinfliesen-Pavillon, dessen gesamte Längsseite den Rand der Schlucht säumte.

Leider konnten weder die Urlaubermassen noch die festlich geschmückte Brücke, noch der schäumende Wasserfall auf der anderen Seite der Brücke Sadie von ihrem Elend ablenken. Sie sah sich ständig nach dem dunklen Kiefernwäldchen um, in dem sich Harriets Hütte verbarg. Sie hatte große Angst zu sehen, wie Harriet allmählich zwischen den Bäumen erkennbar wurde, gleichzeitig aber befürchtete sie, daß eine schreckliche Katastrophe über sie beide hereinbrechen würde, noch bevor sie die Gelegenheit zum Reden gehabt hatten, wenn ihre Schwester nicht bald auftauchte. In Wahrheit hatte sich all ihr Verlangen, ihre Schwester zu überzeugen, daß sie Camp Cataract verlassen und in die Wohnung zurückkehren sollte, auf wundersame Weise verflüchtigt, und dann waren ihr auch die Worte, dies auszudrücken, abhanden gekommen. Das änderte jedoch nichts an ihrer Absicht, ihre Mission zu erfüllen; ganz im Gegenteil, sie schien ihr von ungeheurer Wichtigkeit zu sein, jetzt, wo sie sich im Innersten fast sicher war, daß ihre Reise bereits ein Mißerfolg war. Ihre Haltung überraschte nicht, da sie wie viele andere ihr Leben als etwas Abgetrenntes sah; der Weg war ihr von heiliger Hand immer ein kurzes Stück vorgezeichnet, und sie beschritt ihn ohne Bedenken. Dieser Weg, der ihr Leben war, würde auch nach ihrem Tod weiter existieren, auch wenn dieser Tod schon jetzt existierte, wo sie noch lebte.

Etwa hundert Personen saßen auf der Terrasse und aßen, und das Rauschen des Wasserfalls verfälschte das Stimmengewirr so, daß sie im ersten Augenblick glaubte, die Gäste sprächen aus großer Entfernung, und im nächsten, die Gespräche kämen aus unmittelbarer Nähe. Hin und wieder meinte sie zu hören, daß jemand in düsterem Tonfall ihren Namen nannte, und so sehr sie sich auch sagte, daß es sich lediglich um akustische Täuschungen des Wasserfalls handelte, so erschauderte sie doch jedesmal beim Klang ihres Namens. Der Platz neben dem Souvenirstand begann ihr lästig zu werden. Sie steckte die Hände in die Ärmel ihres Mantels und versuchte, das schäumende Wasser jenseits der Brücke zu fixieren, aber sie hatte die Mißbilligung in den Augen der ihr am nächsten sitzenden Gäste bemerkt und konnte nicht anders, als alle paar Minuten zur Terrasse zurückzuschauen in der Hoffnung, sich geirrt zu haben. Mit jedem Mal mehr wurde ihr jedoch klarer, daß sie den Gesichtsausdruck der Restaurantgäste richtig gedeutet hatte und die Leute nicht nur glaubten, sie stünde dort ohne triftigen Grund, sondern sie tatsächlich für eine Landstreicherin hielten, die sich ein Essen nicht leisten konnte. Sie war deshalb wie erlöst, als sie Harriet erblickte, die vom hinteren Ende des Pavillons zwischen den Tischen hindurch auf sie zueilte. Beim Näherkommen stellte Sadie fest, daß sie ihren mit rotem Pelz besetzten schweren Wintermantel trug und ihr gewelltes Haar trotz des starken Winds tadellos in Ordnung war. Zu ihrer großen Erleichterung hatte Harriet es unterlassen,

Rouge aufzulegen, was ihrem Gesicht seine Natürlichkeit wiedergab. Sie sah, daß Harriet ihr zuwinkte und den Schritt beschleunigte. Sadie freute sich, daß die Gäste Zeugen ihres bevorstehenden Treffens sein würden. ›Wenn sie uns zusammen sehen‹, dachte sie, ›merken sie, daß ich keine Landstreicherin bin, sondern eine anständige Frau, die ihre Schwester besucht.‹ Sie eilte den Hügel hinab, um schneller bei Harriet zu sein. »Ich hab gedacht, du würdest aus dem Kiefernwäldchen kommen«, rief sie ihr zu, sobald sie nur noch ein paar Schritte voneinander entfernt waren. »Ich habe dauernd in die Richtung geschaut.«

»Das wäre ich auch, normalerweise«, antwortete Harriet, als sie neben ihr stand und sie leicht auf die Wange küßte, »aber ich bin zuerst zum anderen Ende der Terrasse gegangen, um beim zuständigen Kellner einen Tisch für uns zu reservieren. Dahinten ist es ruhiger, das ist besser für ein langes Gespräch.«

›Gut‹, dachte Sadie, als sie zusammen den Hügel hinaufstiegen. ›Die Nachtruhe hat bei ihr Wunder getan.‹ Während sie am Souvenirstand Halt machten, studierte sie gespannt Harriets Gesicht und entdeckte einen sanften Schimmer in ihren Augen. Mit einem Mal erinnerte sie sich an ihre gemeinsame Kindheit und an die große Zärtlichkeit, mit der Harriet sie damals umgeben hatte.

»Auf der Speisekarte steht türkischer Pilaff«, sagte Harriet, »ich habe dem Kellner gesagt, er soll eine Portion für dich reservieren. Pilaff ist hier so ein Renner, daß er normalerweise ganz schnell alle ist. Ich weiß ja, wie sehr du ihn magst.«

Als Sadie bewußt wurde, daß Harriet wirklich darauf aus war, dieses Essen, das einzige, das sie in Camp Cataract gemeinsam einnehmen würden, zum Erfolg werden zu lassen, fühlte sie, daß ihr die schreckliche bleischwere Last vom Herzen genommen wurde; es ging so schnell, daß sie sich für kurze Zeit wie ein Ballon ohne Ballast vorkam; sie konnte sich kaum zurückhalten, nicht vor Freude zu tanzen. Harriet zog sie am Arm.

»Ich glaube, es ist besser, wir gehen jetzt«, drängte sie Sadie, »nach dem Mittagessen können wir dann hierher zurückkommen, falls du Souvenirs für Evy und Bert kaufen willst... und vielleicht auch für Flo und Carl und Bobby...«

Sadie bückte sich, um ihre Baumwollstrümpfe, die an den Knöcheln starke Falten warfen, glatt zu ziehen, und als sie sich wieder aufrichtete, blieb ihr Blick zufällig auf drei Männern hängen, die ganz nah am Terrassenrand aßen; sie hatte sie bisher nicht wahrgenommen. Alle aßen schweigend Maiskolben und große runde Hamburger. Um die Anzüge vor abspringenden Kernen zu schützen, hatten sie sich ihre Servietten als Lätzchen umgebunden.

›Bert Hoffer achtet auch auf seine Kleidung‹, dachte Sadie und wandte sich dann an ihre Schwester. »Findest du nicht, daß Männer, die ganz allein dasitzen, ohne Frauen, anders aussehen?« fragte sie. Sie hatte das große Bedürfnis zu plaudern, ein Bedürfnis, das sie, soweit sie sich erinnern konnte, noch nie zuvor verspürt hatte.

»Ich glaube«, antwortete Harriet darauf, als hätte sie Sadies Bemerkung nicht gehört, »es ist besser, wir gehen an unseren Tisch, bevor der Kellner ihn jemand anderem gibt.«

»Ich mag Männer nicht«, verkündete Sadie ohne Gehässigkeit und wollte gerade Harriet folgen, als ihre Aufmerksamkeit vom Blick des ihr am nächsten sitzenden Mannes gefesselt wurde. Während er langsam seinen

Maiskolben auf den Teller legte, starrte er zu ihr hin, den Mund zu einem bitteren Lächeln verzerrt. Sie blieb wie angewurzelt stehen, und unter seinem festen Blick entschwand ihre eben erst aufgekommene Freude rasch. Verzweifelt machte sie sich klar, daß Harriet, die zwischen den voll besetzten Tischen hindurchflitzte, bald außer Sicht sein würde. Mit einer, wie ihr schien, übermenschlichen Anstrengung riß sie sich los, rief Harriets Namen und stürzte hinter ihr her.

Harriet war fast im Nu wieder an ihrer Seite und sah sie bestürzt an. Zusammen kehrten sie zum Souvenirstand zurück, wo Sadie stehenblieb und sich krümmte, als hätte sie Magenschmerzen.

»Was ist los?« hörte sie Harriet besorgt fragen. »Bist du krank?«

Statt einer Antwort legte Sadie die Hand schwer auf den Arm ihrer Schwester und starrte sie mit einem gehetzten Ausdruck in den Augen an.

»Bitte versuch doch, nicht wie ein Gorilla auszusehen«, sagte Harriet in freundlichem Ton, doch obwohl Sadie das Zutreffende dieser Bemerkung einsah (sie konnte sich gut vorstellen, daß sie einem Gorilla ähnelte), hatte sie nicht die Kraft, zumindest nicht sofort, eine andere Miene aufzusetzen. »Komm mit«, sagte sie schließlich, ergriff Harriets Hand und zog sie mit fast brutaler Gewalt nach. »Ich muß dir etwas sagen.«

Sie eilte einen engen Pfad entlang, der in ein dichtes Waldstück führte, wo sie glaubte, ungestört bleiben zu können. Harriet folgte mit leichtem und schnellem Schritt, so daß Sadie nicht spürte, daß sie ihre Schwester zog. Harriets Hand, die von ihrer eigenen dicken umschlossen wurde, kam ihr so zerbrechlich vor wie der Körper eines Vogels. Sie betraten eine kleine Lichtung und machten Halt. Harriet band ein Taschentuch los, das sie um den Hals geschlungen hatte, und wischte sich die Stirn. »Meine Güte!« stöhnte sie. »Ist das eine Bullenhitze hier.« Sie gab Sadie das Taschentuch. »Wohl, weil wir so schnell gegangen sind und die Kiefern keinen Windhauch durchlassen... Zuerst mal setze ich mich hin, und dann mußt du mir erzählen, was los ist.« Sie ging auf einen gefällten Baum zu, der der Länge nach die Lichtung blockierte. Seine ausgerissenen Wurzeln waren schamlos bloßgelegt, der obere Teil des Stammes und die Krone hingegen waren im nahen Dickicht verborgen. Harriet setzte sich; Sadie wollte gerade neben ihr Platz nehmen, als sie bei den Wurzeln einen dichten Schwarm von Fliegen bemerkte. Unwillkürlich ging sie näher heran. ›Warum sind die hier?‹ fragte sie sich – und entdeckte auch schon den Grund, eine angebrochene Büchse mit Bohnen, die ein nachlässiger Mensch in einer kleinen Aushöhlung am Fuß des Stamms deponiert hatte. Angeekelt wandte sie sich ab und blickte Harriet an. Ihre Schwester saß in anmutig aufrechter Haltung auf dem gefällten Stamm und hatte den Kopf lauschend vorgeneigt. Das gedämpfte Licht verlieh ihrem Gesicht ein unglaublich zerbrechliches und jugendliches Aussehen, und Sadie schaute sie erstaunt und zärtlich an. Kein Laut drang zu ihnen auf die Lichtung, und mit pochendem Herzen wurde ihr klar, daß sie es nicht länger aufschieben konnte, Harriet zu sagen, weshalb sie gekommen war. Sie hätte sich keinen günstigeren Augenblick für ihr Unterfangen wünschen können. Die Stille der Luft, ihre Abgeschiedenheit, das erwartungsvolle und sanfte Leuchten in Harriets Augen, all diese Umstände hätten zusammenwirken und ihr den Glauben zurückgeben sollen, den Glauben an die eigene Kraft, Harriet dazu zu bringen, mit ihr nach Hause zurückzukehren und wieder bei ihnen zu leben, im Sommer, im Winter, wie bisher. Sie setzte zum Reden an, kippte vornüber und faßte sich an den Bauch, als wütete ein Tier in ihr. Schweißperlen traten ihr auf die Stirn, und sie stellte sich breitbeinig in Position, als müßte sie dieses Tier gebären. Obwohl ihr Blick vom Schmerz getrübt war, sah sie, daß Harriets tränenerfüllte Augen die ihren suchten.

»Laß uns nicht in die Wohnung zurückkehren«, hörte Sadie ihre eigenen Worte, als kämen sie nicht aus ihrem Mund, sondern aus einer unterirdischen Höhle. »Laß uns nicht dorthin zurückkehren... du und ich, laß uns in die Welt gehen... nur wir beide.« Eine Sekunde lang, bevor sie das Gesicht voller Scham in den Händen verbarg, sah sie Harriets Augen unvorstellbar nah vor den ihren, mit einem Haß in den Pupillen, wie sie ihn noch nie erlebt hatte.

Sadie kam es vor, als brauche ihre Schwester eine Ewigkeit, um sie zu verlassen. »Geh weg... geh weg... oder ich ersticke.« Immer wieder brachte sie stöhnend diese Worte hervor, das Gesicht tief in den Händen vergraben. »Geh weg... bitte, geh weg... ich ersticke...« Sie konnte allerdings nicht sagen, ob sie diese Worte nur in Gedanken sagte oder laut aussprach.

Endlich hörte sie Harriets Schritte auf den dürren Ästen, als sie die Lichtung verließ. Sadie lauschte, doch obschon ein Schritt dem anderen folgte, wurde das Knakken der dürren Äste nicht leiser, je weiter Harriet in das Wäldchen eindrang. Sadie verstand mit einem Mal, daß die Qual, die sie litt, bereits die gefürchtete Reise in die Welt war – genau die Reise, von der sie immer befürchtet hatte, daß Harriet sie unternehmen würde. Daß nun sie selbst anstelle von Harriet die Reise machte, beeinträchtigte nicht ihre Gewißheit: es war *die* Reise.

Sadie stand am Souvenirladen und schaute sich einige Kanus aus Birkenrinde an. Der Wind wehte jetzt stärker und kälter, oder vielleicht erschien es ihr nur so, da sie gerade erst von der windstillen Lichtung zurückgekehrt war. Sie erinnerte sich nicht, wie sie aus dem Wäldchen gekommen war; sie fühlte nur die Eile, den Drang, ein paar Souvenirs zu kaufen und abzureisen. Einige Girlanden, die als Dekoration an der Seite des Stands befestigt waren, flatterten ihr immer wieder ins Gesicht. Der Indianerhäuptling lächelte sie hinter dem Ladentisch an.

»Was kann ich für Sie tun?« fragte er.

»Ich reise ab«, sagte Sadie, »darum will ich Souvenirs haben...«

»Wählen Sie aus; es gibt Kanus aus Birkenrinde mit oder ohne Briefkarten, mexikanische Sombrero-Aschenbecher, anregende therapeutische Kissen mit hiesigen Kiefernnadeln drin... und Fähnchen für ein Jungenzimmer.«

»Zu Hause gibt's keinen Jungen«, sagte Sadie, die nur die letzten Worte mitbekommen hatte.

»Wie wär's mit den Kissen... oder den Kanus?«

Sie nickte.

»Was davon möchten Sie?«

»Beides«, antwortete sie schnell.

»Wieviele?«

Sadie schloß die Augen. Wie sehr sie sich auch bemühte, sie brachte die Zahl der Familienmitglieder nicht mehr zusammen. Nicht mal annähernd schaffte sie es. »Elf«, stieß sie endlich voller Verzweiflung hervor.

»Elf von beiden?« fragte er mit hochgezogenen Augenbrauen.

»Ja... ja«, antwortete sie hastig und schlug nach den Papiergirlanden, »elf von beiden.«

»Sie jedenfalls vergessen nicht die liebe Verwandtschaft zu Hause«, sagte er und begann, die Kanus einzusammeln. Er verpackte jedes Souvenir einzeln und wickelte sie dann alle zusammen in braunes Packpapier, um das er eine dicke Schnur band.

Sadie hatte ihm einen Schein gegeben, und er drückte gerade das nötige Wechselgeld aus seinem Gurt, als ihr Blick auf seine helle, sommersprossige Hand fiel. Erschrocken schaute sie von seiner Hand am Gurt in sein ziegelrot gefärbtes Gesicht mit den purpur- und zinnoberroten Streifen. Zum ersten Mal bemerkte sie seine irischblauen Augen. Langsam stieg ihr tiefe Schamröte den Nacken hinauf. Es war dieselbe unerträgliche Demütigung, die sie auf der Lichtung erlitten hatte; die Röte breitete sich vom Nacken bis zu den Haarwurzeln aus und färbte ihr Gesicht dunkelrot. Daß sie sich diesmal für den Indianer schämte und nicht ihrer eigenen Worte, vermochte die Intensität ihrer Qual keineswegs zu verringern; wo die Grenzen ihres Stolzes verliefen, hatte sie nie eindeutig für sich festgelegt. Unverwandt blickte sie in seine irisch-blauen Augen, die seltsam hell aussahen in dem ziegelroten Gesicht. Was hatte das zu bedeuten? Es quälte sie, eine Unvereinbarkeit wahrzunehmen, ohne sie benennen zu können. Zugleich erinnerte sie sich an den Pavillon und die speisenden Gäste; das Herz klopfte ihr. ›Sie werden es sehen‹, dachte sie in panischem Schrecken. ›Sie werden es sehen und wissen, daß ich es auch gesehen habe.‹ Irgendwie war diese letzte Möglichkeit die gefährlichste.

›Sie dürfen niemals erfahren, daß ich es gesehen habe‹, sagte sie und knirschte mit den Zähnen, lehnte sich dann über die Theke, wobei sie einige Kanus unter ihrer Brust zerdrückte. »Schnell«, flüsterte sie, »gehen Sie durch die kleine Tür und warten Sie auf mich hinter dem Stand...«

Einen Augenblick später fand sie ihn dort stehen. »Hören Sie!« Sie umklammerte seine Hand. »Wir müssen uns beeilen... Ich habe Sie nicht sehen wollen... Es tut mir leid... Ich habe jahrelang versucht, Sie nicht anzusehen... Jahr um Jahr um Jahr...« Sie starrte ihn voller Entsetzen an. »Warum stehen Sie da? Wir müssen uns beeilen... sie haben mich noch nicht dabei erwischt, daß ich Sie anschaue, aber wir müssen uns beeilen.« Sie ging auf die Brücke zu und führte den Indianer an der Hand hinter sich her. Er folgte ihr schnell, ohne ein Wort zu sagen.

Das Rauschen des Wasserfalls nahm, je näher sie der gegenüberliegenden Seite kamen, an Lautstärke zu, und Sadie empfand das Geräusch als wohltuend. Sobald sie die Brücke hinter sich hatten, rannte sie so schnell sie konnte den Pfad zum Wasserfall hinunter. Der Indianer folgte ihr auf den Fersen, seine Hand lag leicht in der ihren, wie vorher die Harriets, als sie zusammen durch das Wäldchen gelaufen waren. Als sie am Wasserfall angekommen war, drängte sie sich an der Felswand entlang, bis sie direkt hinter der Kaskade stand. Mit einem Freudenschrei lehnte sie sich an die schräge Felswand, war unempfindlich gegen die eisige Nässe, die selbst ihren dicken Wollmantel durchdrang. Sie lauschte dem betäubenden Rauschen des Wassers, und ihr Herz zersprang fast vor Freude, weil sie den Indianer sicher hinter der Kaskade versteckt hatte, wo man ihn weder sehen noch hören konnte. Sie wandte sich um und lächelte ihn freundlich an. Auch er lächelte, und in seinem Gesicht entdeckte sie nichts mehr von der Unvereinbarkeit, die sie vorher so schockiert hatte.

Die schäumenden Wasser waren ein herrlicher Anblick. Sadie tat einen Schritt nach vorn und streckte dem Indianer die Hand entgegen.

Als Harriet am Morgen aufwachte, war ihre Siegesstimmung gänzlich verflogen. Sie war sich sicher, daß ihr ein Unglück zustoßen würde, noch bevor sie zu den Pocahontas-Wasserfällen aufbrach. Schweren Herzens und zittrig begann sie einzupacken. Das Mittagessen mit Sadie türmte sich als übermächtiges Hindernis vor ihr auf, das zu überwinden sie nicht die nötige Kraft besaß. Die drei runden Kissen in wasserdichte Hüllen zu stopfen war zuviel, stöhnend gab sie auf und rannte wie wild aus ihrer Hütte, auf der Suche nach Beryl.

Glücklicherweise hatte Beryl beim Servieren erst die zweite Schicht, und so fand Harriet sie Zeitung lesend und ein Bein über die Sessellehne geschwungen.

»Ich kann mein Zeug nicht packen«, sagte Harriet hysterisch, nachdem sie in Beryls Hütte gestürzt war, ohne auch nur an die Tür zu pochen.

Beryl nahm das Bein von der Lehne und stand auf. »Ich pack für dich«, sagte sie und klopfte den Tabak aus ihrer Pfeife. »Ich wär ja heute morgen vorbeigekommen, du hast aber gestern abend gesagt, du wolltest es alleine machen.«

»Sadies Schuld«, jammerte Harriet. »Dieses verfluchte Mittagessen mit Sadie. Ich steh's nicht durch. Einfach unmöglich. Ich hätt's auch gar nicht gebraucht. Eigentlich darf sie überhaupt nicht hier sein... ich bin blöd...»

»Zum Teufel mit allen Schwestern«, sagte Beryl. »die ham alle einen tüchtigen Tritt in' Hintern verdient.«

»Sie wird mich von meiner Kanufahrt abhalten... da bin ich mir ganz sicher...« Harriet hatte die weinerliche Stimme eines kleinen Mädchens bekommen.

»Nein, das wird sie nicht«, sagte Beryl bestimmt.

»Warum nicht?« fragte Harriet. Sie schaute Beryl fast schmachtend an.

»Besser sie versucht's erst gar nicht...« sagte Beryl. »Schon mal was von Jiu-Jitsu gehört?« Sie grunzte vor Zufriedenheit. »Na, komm, wir packen jetzt.« Sie war so beglückt über Harriets neue Abhängigkeit, daß sie ihre Scheu, die sie sonst an den Tag legte, schnell überwand. Eine Stunde später war sie mit dem Einpacken fertig, und Harriet war umgezogen und reisefertig.

»Begleitest du mich zum Souvenirstand?« bat sie die Kellnerin. »Ich möchte sie nicht allein treffen.« Sie war nervöser denn je.

»Ich geh mit dir«, sagte Beryl, »aber gehn wir auf dem Weg an meiner Hütte vorbei, ich muß meine Dienstkleidung anziehen. Ich habe bald Schicht.«

Sie kamen fast zwanzig Minuten zu spät zum Stand, und Harriet war daher ziemlich überrascht, Sadie nicht dort anzutreffen. »Vielleicht war sie hier und ist für eine Minute zum Hauptgebäude zurückgegangen«, sagte sie zu Beryl. »Ich werde es herausfinden.« Sie trat an den Stand und befragte den Indianer, den sie flüchtig kannte. »Hat hier vor kurzem eine Frau gewartet, Timothy?« fragte sie.

»Eine dunkelhaarige Frau mittleren Alters?«

»Genau.«

»Sie war so ungefähr eine Stunde hier«, sagte er, »und hat sich nicht vom Fleck gerührt, bis vor etwa fünfzehn Minuten.«

»Sie kann doch nicht eine Stunde hier gestanden haben!« bestritt Harriet. »Nicht meine Schwester…, ich habe ihr halb zwei gesagt, und es ist noch nicht mal zwei.«

»Dann war's halt nicht Ihre Schwester. Die Frau hier blieb länger als eine Stunde, ohne sich zu rühren. Mir ist sie aufgefallen, weil sie irgendwie komisch war. Ich hab sie zuerst von meinem Stuhl aus bemerkt, und als ich dann herkam, stand sie noch immer beim Kiosk. Sie muß hier über eine Stunde gestanden haben.«

»Dann war's eine andere Frau mittleren Alters.«

»Mag sein«, stimmte er zu, »jedenfalls, die hier ist vor etwa einer Viertelstunde weggegangen. Nachdem sie also so lang dagestanden hatte, drehte sie sich auf einmal um und kaufte einen Haufen Andenken bei mir… und dann, als ich gerade das Wechselgeld aus meinem Gurt knipste, sagte sie etwas, das ich nicht verstehen konnte – es klang wie Polnisch –, und dann stieg sie schnell zur Brücke runter, bevor ich ihr auch nur einen Penny geben konnte. Die Frau war so was von impulsiv«, fügte er breit grinsend hinzu. »Wenn sie Ihre Schwester ist, gebe ich Ihnen das Wechselgeld, falls sie nicht auf dem Rückweg hier vorbeikommt… Mir jedenfalls schien's so 'ne Polnische zu sein.«

»Beryl«, sagte Harriet, »lauf über die Brücke und schau nach, ob Sadie hinter dem Wasserfall ist. Ich bin sicher, daß diese Polin nicht Sadie war, aber beide könnten dahinten sein… Wenn sie nicht dort ist, sehen wir im Hauptgebäude nach.«

Als Beryl zurückkehrte, war ihr Gesicht totenblaß; stumm starrte sie Harriet an, und selbst als Harriet sie schließlich an der Schulter packte und heftig schüttelte, sagte sie keinen Ton.

Ein Tag im Freien

Am Rande der Hauptstadt befand sich ein niedriges weißes Haus, das sich in nichts von den anderen Häusern der Nachbarschaft unterschied. Die Straße, in der es stand, war nicht asphaltiert, denn dies war eines der Armenviertel der Stadt. Die Tür des Hauses war ganz neu und mit Ziernägeln beschlagen und hatte innen und außen Riegel. Ein großer Raum, der mit modernen Chromsesseln, einer Bar und einem Musikautomaten ausgestattet war, führte auf den leeren Patio hinaus. Ein fetter, kleiner Indianerjunge saß in einem der Sessel und lauschte der Musik von *Good Night, Sweetheart*, die er gerade gewählt hatte. Das Stück lief in voller Lautstärke, und der kleine Junge starrte bitterernst auf den Automaten vor sich. Es war eines der Häuser von Señor Kurten, die er auch führte. Kurten war halb deutscher und halb spanischer Herkunft.

Es war ein grauer Nachmittag. In einem der Schlafzimmer waren Julia und Inez gerade aufgewacht. Julia war klein und wie ein Äffchen. Sie wirkte anziehend nur wegen ihrer ungewöhnlich großen leuchtenden Augen. Inez war groß und hochbrüstig. Ihr Kopf war ein wenig zu klein für ihren Körper, und ihre Augen standen zu eng beieinander. Sie trug das Haar steif gewellt.

Julia stöhnte auf ihrem Bett.

»Mein Bauch ist heute schlimmer«, sagte sie zu Inez. »Komm her und fühl mal. Der Knoten auf der rechten Seite ist größer geworden.« Sie verdrehte den Kopf auf dem Kissen und seufzte. Inez starrte finster ins Leere.

»Nein«, sagte sie. »Den Knoten da kann ich nicht berühren. *Santa Maria!* Mit so was in mir drin würde ich durchdrehen.« Sie verzog das Gesicht und schauderte.

»Du brauchst ihn ja nicht zu berühren, wenn du's nicht willst«, sagte Julia schläfrig. Inez schenkte sich einen *guaro* ein. Sie war eine starke Trinkerin, doch litt ihre Vitalität nicht darunter, obwohl ihre Haut häufig pickelig wurde. Sie lutschte veilchenfarbene Pastillen, um ihre Alkoholfahne zu überdecken, und oft steckte sie sich sieben oder acht davon gleichzeitig in den Mund. Da sie viel Unternehmungsgeist hatte, verdiente sie außerhalb des Bordells oft mehr Geld als bei ihrer regelmäßigen Arbeit.

Julia war Mexikanerin und stand in besonderer Gunst bei Männern, die das Gefühl kitzelte, Julias Leben in Gefahr zu bringen, wenn sie mit ihr schliefen.

»Ich glaube«, sagte Inez, »ich gehe heute mittag ins Kino, wenn du mir ein Paar von deinen Strümpfen leihst. Du bleibst wohl besser hier im Bett liegen. Ich würde dir ja Gesellschaft leisten, aber ich krieg so ein komisches Gefühl, wenn ich jetzt in diesem Zimmer bleibe. Merkwürdig, eigentlich bin ich ein sehr ruhiger Mensch, und ich hab eine Menge durchgemacht, seit ich auf der Welt bin. Du solltest einen Arzt aufsuchen«, fügte sie hinzu.

»Ich kann's auf der Straße nicht aushalten«, sagte Julia. »Die Sonne ist zu heiß und der Wind zu kühl. Der Geruch vom Markt macht mich krank, obwohl ich ihn schon mein Leben lang kenne. Kaum bin ich ein paar Straßen gelaufen, muß ich einen Park finden, wo ich mich hinsetzen kann, so erschöpft bin ich. Dann kommt jemand daher und versucht, mir Orchideen zu verkaufen, und ich kauf auch welche. Diese Woche war ich schon dreimal draußen, und jedesmal hab ich Blumen gekauft. Du weißt ja, daß ich mir das nicht leisten kann, aber ich bin so schwach und krank, daß ich mit jedem Tag meiner Großmutter ähnlicher werde. Sie hatte das Gefühl, daß man sie auf Erden nicht haben wollte, Gott nicht und auch die anderen Menschen nicht, und deshalb glaubte sie, sie dürfte niemals jemandem etwas abschlagen.«

»Wenn du wie deine Großmutter wirst«, sagte Inez, »dann ist das ein trauriges Mißverständnis. Ich sollte auf so was erst gar nicht hören. Du kommst schon noch zum Arzt. Bis dahin setz dich mehr in die Sonne. Ich möchte nicht unfreundlich sein...«

»Nein, nein. Du bist nicht unfreundlich«, beteuerte Julia.

»Du hockst den ganzen Tag über in diesem dunklen Zimmer, selbst wenn die Sonne scheint und es dir nicht so schlecht geht.«

Julia fühlte sich so verzweifelt einsam wie nie zuvor in ihrem Leben. Sie legte die Hand aufs Herz. Plötzlich wurde die Tür aufgestoßen, und Señor Kurten betrat das Zimmer. Er war ein schmächtiger Mann mit niedriger Stirn und langer Nase.

»Julia und Inez«, sagte er. »Señor Ramirez hat gerade angerufen, daß er heute mittag mit einem Freund vorbeikommt. Er nimmt euch beide zu einem Picknick mit aufs Land, und ihr müßt euch beeilen und fertigmachen. Versucht, sie am Abend in die Bar zurückzulotsen.«

»Hans«, sagte Julia. »Ich bin krank. Ich kann weder Señor Ramirez noch sonst jemand sehen.«

»Du weißt, daß ich machtlos bin, wenn er dich sehen will. Wenn er wütend würde, könnte er eine Unmenge Schwierigkeiten machen. Tut mir leid.« Señor Kurten ging aus dem Zimmer und schloß hinter sich langsam die Tür.

»Er ist so wichtig«, sagte Inez und tupfte etwas Eau de

Cologne auf Julias Stirn. »Ungeheuer wichtig, du armes Ding. Du mußt kommen.« Ihre Hand war hart und trocken.

»Inez –« Julia hielt Inez am Kimono fest, als diese weggehen wollte. Sie kämpfte sich aus dem Bett heraus und warf sich ihrer Freundin in die Arme. Inez war gezwungen, sich gegen den Bettpfosten zu stemmen, um nicht umgeworfen zu werden.

»Mach dich nicht verrückt«, sagte Inez, aber dann begann sie zu weinen; es klang wie das Quieken eines Schweins.

»Inez«, sagte Julia. »Zieh dich an und heul nicht. Mir geht's besser, Kleines.«

Sie gingen in die Bar und setzten sich hin, um auf die Ankunft von Señor Ramirez und seines Freundes zu warten. Julia ließ den Arm über die Sessellehne hängen, ihre Tasche baumelte an einem extrem langen Riemen an ihrer Hand. Sie hatte sich einen kleinen roten Fleck in jeden Augenwinkel gemalt und sehr viel Rouge auf die Wangen gelegt.

»Du siehst nicht besonders gut aus«, sagte Inez. »Mir ist richtig angst um dich.«

Julia riß die Augen auf und starrte gebannt vor sich auf die Wand. Der Indianerjunge polierte mit Sorgfalt einen riesigen Wecker.

Bald darauf steckte Señor Ramirez den Kopf durch die Tür. Er hatte ein deutsch aussehendes Gesicht, trug seinen Filzhut jedoch auf typisch spanische Art, tief ins Gesicht gezogen. Sein Schnurrbart war blond und üppig. Er hatte sich frisch rasiert, und auf Kinn und Backen war noch der Puder zu sehen. Er trug ein rosafarbenes Hemd und eine leichte Tweedjacke, am vierten Finger der

Hand saß jeweils ein schwerer Goldring mit einem Diamanten darauf.

»Los, Kinder«, sagte er. »Draußen wartet das Auto mit meinem Freund. Beeilt euch.«

Señor Ramirez fuhr sehr schnell. Julia und Inez saßen unbehaglich auf dem Rücksitz in der Ecke und klammerten sich an den seitlichen Halteschlaufen fest.

»Wir machen ein Picknick«, rief Señor Ramirez aus. »Ich habe fünf Flaschen Champagner dabei. Sie sind hinten im Auto, meine Köchin hat sie alle auf Eis gepackt. Kein Grund, warum wir nicht alles dabei haben sollten, was wir uns wünschen. Sie sind in einer Tasche hinten drin. Sie hat um das Eis ein Handtuch gewickelt. Auf diese Art schmilzt es nicht so schnell, trotzdem sollten wir flott machen. Ich trinke nur amerikanischen Whisky, darum hab ich fast einen Liter davon für den eigenen Gebrauch mitgenommen. Was sagt ihr dazu?«

»Oh, wie schön«, sagte Julia.

»Ich glaube, wir werden uns herrlich amüsieren«, sagte Inez.

Der Freund von Señor Ramirez, Alfredo, sah krank und schlechtgelaunt aus. Er redete nichts, und auch seine Kopfhaltung ließ nicht erkennen, ob er überhaupt zuhörte, was gesprochen wurde.

Es war ein kühler Tag, und die Sonnenschirme, unter denen die Polizisten standen, flatterten im Wind. Sie fuhren an einem neuen, gelben Backsteingebäude vorbei, zu dem sechs oder sieben Treppenfluchten hinaufführten, die ebenfalls aus gelbem Backstein waren.

»Das wird ein neues Museum«, sagte Señor Ramirez. »Wenn es aufmacht, werden wir dort alle zusammen ein großes Festessen haben. Da ist dann jeder ein alter Freund von mir. Das ist noch gar nichts. Ich kann jeden Abend, jeden, ein Festessen mit fünfzig Leuten machen.«

»Das Leben eine Fiesta«, warf Inez ein.

»Noch mehr als das. Es sind mehr als nur Fiestas«, sagte er, ohne genau zu wissen, was er eigentlich damit meinte.

Die Sonne schien auf Julias Schoß. Sie fühlte sich benommen und fiebrig. Señor Ramirez drehte das Radio auf, so laut er konnte. Sie brachten gerade *Madame Butterfly*, als der Wagen das andere Stadtende erreichte.

»Ich habe drei Radios zu Hause«, sagte Señor Ramirez.

»Ah«, sagte Inez. »Eins für morgens, eins für abends und eins für nachmittags.« Julia hörte Inez mit Interesse und Erstaunen zu. Sie fuhren in eine Kurve, die an einer tiefen Schlucht entlangführte. Die Bergseite jenseits der Schlucht lag im Schatten; einige Indianer stiegen zum Gipfel hinauf.

»Gehen, gehen, gehen«, sagte Julia düster. »Ach, was macht mich das müde, ihnen zuzuschauen.«

Inez kniff ihre Freundin in den Arm. »Hör mal«, flüsterte sie. »Du bist nicht in deinem Zimmer. Du solltest so was nicht sagen. Du darfst nicht von deiner Müdigkeit reden. Das ist nicht lustig für sie. So was mögen sie nicht.«

»Wir kommen gleich zum Picknickplatz«, sagte Señor Ramirez. »Keiner außer mir kennt ihn. Ich hab so einen Platz gern, einen, wo all meine Freunde nicht hinfinden und mich stören. Alfredo«, fügte er hinzu, Sind Sie hungrig?«

»Ich glaube nicht, daß dieser Alfredo besonders nett ist. Du etwa?« erkundigte sich Inez ganz leise bei Julia.

»O ja«, sagte Julia, denn es brauchte lange, bis sie an anderen Leuten gemeine Züge entdeckte, da sie selbst durch und durch freundlich und nachsichtig war. Nachdem sie einen schmalen Weg entlanggefahren waren, der gerade breit genug für ein Auto war, erreichten sie schließlich die Picknickstelle. Es war eine große Lichtung in einem Wäldchen. Nicht weit davon entfernt, am Fuße eines Hügels, waren ein kleiner Fluß und ein Wasserfall. Sie stiegen aus und lauschten dem Geräusch des Wassers. Die beiden Frauen waren entzückt davon.

»Da es hier im Freien so sonnig ist, meine Damen«, sagte Señor Ramirez, »werde ich in Unterhosen herumlaufen. Ich hoffe, mein Freund schließt sich mir an, wenn er Lust drauf hat.«

»Was für ein Glück für uns«, sagte Inez mit schriller Stimme. »Der Tag fängt gut an.« Señor Ramirez zog sich aus und schlüpfte in Tennisschuhe. Seine Beine waren ganz weiß und sommersprossig.

»Jetzt spendier ich euch gleich den Champagner«, wandte er sich an sie und war etwas außer Atem, so schnell hatte er sich seiner Kleidung entledigt. Er ging zu dem Strohkorb und holte eine Champagnerflasche heraus. Auf dem Weg zurück stolperte er über einen Stein; die Flasche entfiel seiner Hand und zersprang in viele Stücke. Einen Augenblick lang verdüsterte sich seine Miene, und es sah so aus, als geriete er gleich in Wut; statt dessen aber schnappte er sich eine zweite Flasche aus dem Korb, warf sie hoch in die Luft, fast über die Baumwipfel. Er kehrte in gehobener Stimmung zu seinen Freunden zurück.

»Ein Gentleman«, sagte er, »versteht es immer, Spaß zu machen. Ich bin einer der reichsten Geschäftsleute in diesem Land. Ich bin auch der verrückteste. Wie ein Amerikaner. Wenn ich ausgehe, amüsier ich mich, und alle, die mich begleiten, haben auch ihren Spaß. Sie wissen nämlich, solange ich dabei bin, gibt es immer reichlich. Reichlich zu essen, reichlich zu trinken und reichlich schöne

Frauen, um zu flirten. Nachdem ihr einmal mit mir aus gewesen seid« – er zeigte mit dem Finger auf Julia und Inez – »wird jeder andere Mann euch wie ein hausbackener Schulmeister vorkommen.«

Er wandte sich an Alfredo. »Sagen Sie mir, mein Freund, haben Sie sich nicht bestens mit mir amüsiert?«

»Ja, habe ich«, sagte Alfredo und dachte nur allzu offensichtlich an andere Dinge.

»Er ist immer in Gedanken beim Geschäftlichen«, erklärte Señor Ramirez. »Er ist auch sehr intelligent. Ich habe ihm eine Stelle bei einem deutschen Konzern verschafft. Sie stellen Flugzeuge her.« Alfredo sagte etwas auf deutsch zu Señor Ramirez, und sie ließen das Thema fallen. Sie breiteten die Picknicksachen aus und setzten sich zum Essen hin.

Señor Ramirez bestand darauf, Julia eigenhändig zu füttern. Das verdroß Inez gewaltig, und sie widmete sich ausgiebig dem Essen. Señor Ramirez trank Unmengen von Whisky aus einem zinnernen Reisebecher. Nach etwa zwanzig Minuten war er bereits ziemlich betrunken.

»Ist es nicht herrlich, Freunde, so zusammenzusein? Alfredo, sind diese beiden Frauen nicht die hübschesten und reizendsten Frauen auf der Welt? Ich verstehe nicht, warum sie vom Standpunkt Gottes aus zur Hölle verdammt sein sollen für das, was sie sind. Sie etwa?«

Julia stöhnte und erhob sich.

»Nein, nein!« sagte sie und blickte hilflos in die Zweige über ihr.

»Ach, laß doch«, sagte Señor Ramirez. »Wir wollen uns darüber heute keine Sorgen machen, nicht wahr?« Er packte sie am Handgelenk und zog sie neben sich auf den Boden. Julia verbarg ihr Gesicht in den Händen und lehnte den Kopf an seine Schulter. Bald schon lächelte sie zu ihm hinauf und streichelte sein Gesicht.

»Sie werden mich nicht allein lassen?« fragte sie und lachte ein wenig in ihrem Bemühen, ihn auf ihre Seite zu ziehen. Wenn irgend jemand etwas gegen den Höchsten ausrichten kann, dachte sie, dann sicherlich jemand wie Señor Ramirez. Die Anwesenheit solcher Männer reicht oft aus, um die Angst aus den Herzen der Menschen zu vertreiben, für die Gott mehr ein Feind als ein Freund ist. Señor Ramirez' ganzes Streben im Leben galt eher dem Stolz als dem Gewissen; und da seine Erfolge jeden Tag zahlreich waren und ständig seine Energie und Lebenslust erneuerten, spürten diejenigen, die um ihn waren, seine Stärke schon sehr bald. Jetzt, wo er in ihrer Nähe war, hatte Julia das Gefühl, daß sie vor der Hölle in Sicherheit war, und sie fühlte sich ganz glücklich, auch wenn sie noch starke Schmerzen in der Seite hatte.

»Ich finde«, sagte Inez, »wir sollten jetzt alle ein Spiel machen, damit dem Mädchen hier die düsteren Gedanken ausgetrieben werden.«

Sie stand auf, griff sich den Hut von Señor Ramirez, der neben ihm auf der Erde lag, und plazierte ihn in einiger Entfernung mit der Innenseite nach oben aufs Gras. Dann sammelte sie im Picknickkorb einige Eicheln.

»Nun, wollen mal sehn«, sagte sie, »wer diese Eicheln in den Hut reinwerfen kann, hat gewonnen.«

»Ich finde«, sagte Señor Ramirez, »daß die zwei Frauen während des Spiels nackt sein sollten; sonst ist das ja nur ein dummes Kinderspiel.«

»Und wir sind beileibe keine Kinder«, sagte Inez und zwinkerte ihm zu. Die beiden Frauen drehten sich zu Alfredo um und schauten ihn fragend an.

»Ach, kümmert euch nicht um ihn«, sagte Señor Ramirez. »Er hat bloß Zahlen im Kopf, sonst nichts.«

Die beiden Mädchen verschwanden hinter ein Gebüsch und zogen sich aus. Als sie wiederkamen, war Alfredo über ein Hauptbuch gebeugt und bemühte sich gerade, Señor Ramirez etwas zu erklären; der schaute hoch, erfreut, daß sie so rasch zurück waren und er nicht gezwungen war, weiter zuzuhören.

»Ah«, sagte er. »Das sieht doch gleich viel intimer aus, nicht wahr, Alfredo?«

»Auf geht's«, sagte Inez. »Wir stellen uns alle hier in eine Reihe neben diesen Korb, und jeder probiert, die Eicheln in den Hut reinzuwerfen.«

Señor Ramirez wurde beim Spielen richtig aufgeregt und dann allmählich wütend, denn es gelang ihm nie, die Eichel in den Hut zu werfen. Inez kreischte vor Lachen und warf ihre Eichel immer weiter vom Ziel entfernt, jedes Mal vorsätzlich, um so vielleicht den verletzten Stolz von Señor Ramirez zu mildern. Alfredo lehnte es ab, überhaupt mitzumachen.

»Spiele interessieren mich nicht«, sagte Señor Ramirez plötzlich. »Mit euch, Kinderchen, würde ich gern noch länger spielen, aber ich kann mich beim besten Willen nicht auf dies Spiel hier konzentrieren.«

»Das macht gar nichts«, sagte Inez und strengte sich an, etwas zu finden, was man als nächstes tun könnte.

»Wie geht's Ihrer Frau und den Kindern?« fragte Julia ihn.

Inez biß sich auf die Lippe und schüttelte den Kopf.

»Sie sind gut versorgt. Ich habe sie in eine kleine Stadt geschickt, wo sie in einer Pension wohnen. Ganz ruhige Frauen – alle drei – die kleinen Mädchen und die Mutter.

Ich werde jetzt schlafen.« Er streckte sich unter einen Baum aus und zog sich den Hut übers Gesicht. Alfredo war in sein Hauptbuch vertieft. Inez und Julia saßen nebeneinander und warteten.

»Du hast ein Spatzenhirn«, sagte Inez zu Julia. »Ich muß für uns beide denken. Hätte ich nicht reichlich Übung gekriegt, als ich die Hunderte von Tortillas zählen mußte, die ich für meine Mutter verkauft habe, ich wüßte nicht, wo wir heute wären.«

»Tot, wahrscheinlich«, sagte Julia. Ihnen begann kalt zu werden.

»Komm schon«, sagte Inez, »singen wir was.« Sie sangen vier oder fünf Mal hintereinander ein Lied vom Weggehen-und-nie-Wiederzurückkehren. Als Señor Ramirez aufwachte, schlug er Julia einen Spaziergang vor. Sie stimmte sanftmütig zu, und so brachen sie auf und gingen durch den Wald. Bald kamen sie zu einem weiten Feld, wo Señor Ramirez den Vorschlag machte, sich ein Weilchen hinzusetzen.

»Das erste Mal, daß ich mit einer Frau geschlafen habe«, sagte er, »war auf dem Lande, wie hier. Der Grund und Boden gehörte meinem Vater. Drei oder vier Mal am Tag schlichen wir uns ins Feld und liebten uns. Sie war wild darauf und wäre noch häufiger gekommen, wenn ich es gewollt hätte. Ein paar Jahre später war ich auf ihrer Hochzeit und hatte dort einen furchtbaren Streit. Ich kann mich nicht mal erinnern, wer der Mann war, aber am Ende war er übel zugerichtet. Das kannst du mir glauben.«

»Wenn Sie Ihre Arme um mich legen«, sagte Julia, »ist mir gleich weniger kalt. Sie haben doch nichts dagegen, daß ich Sie darum bitte, aber ich mag Sie sehr und fühle mich so zufrieden mit Ihnen.«

»Das ist schön«, sagte Señor Ramirez und schaute, die Augen vor der Sonne abschirmend, zu den Bergen hin. Er lauschte dem Rauschen des Wasserfalls, das hier lauter zu hören war. Julia berührte lachend verschiedene Stellen seines Körpers.

»Ah«, sagte sie. »Mir macht's nichts aus, daß mir meine Seite so weh tut, solange ich derart glücklich sein kann, wie ich es jetzt mit Ihnen bin. Sie sind so freundlich und so wundervoll.«

Er gab ihr flüchtig einen schallenden Kuß auf den Mund.

»Hör mal«, sagte er. »Würdest du nicht gern mit mir ins Wasser kommen?«

»Ich bin eine viel zu kranke Frau, um ins Wasser zu gehen, und ich hab auch ein bißchen Angst.«

»In meinen Armen brauchst du keine Angst zu haben. Ich werde dich tragen. Die Strömung wäre sowieso zu stark, als daß du gegen sie ankämst.« Señor Ramirez war nun sehr ausgelassen, obwohl er sich kurz zuvor noch gelangweilt hatte. Er mochte nichts lieber, als kleine Bravourstückchen aufzuführen, die von vornherein Erfolg versprachen. Er trug sie zum Fluß hinunter, wobei er aus vollem Halse sang.

Das Rauschen des Wasserfalls war hier sehr laut, und Julia klammerte sich fest an ihren Begleiter.

»Lassen Sie jetzt nicht los«, sagte sie. Aber ihre Stimme schien hinter ihr davonzuwehen wie ein Band im Wind. Sie waren im Wasser, und Señor Ramirez ging in Richtung Wasserfall.

»Ich werde dich schon gut festhalten«, sagte er. »Denn das ist eine ganz schöne Strömung dahinten beim Wasserfall.« Er schien es zu genießen, mit Julia auf den Armen von einem Stein zum nächsten zu balancieren.

»Das ist gar nicht so einfach, weißt du. Das ist verdammt schwierig. Die Steine sind schlüpfrig.« Julia verstärkte den Griff um seinen Hals und küßte ihn rasch überall ins Gesicht.

»Wenn ich dich losließe«, sagte er, »würde dich die Strömung wie ein Blatt über den Wasserfall reißen, und dann würde dir einer dieser Steinbrocken ein Loch in den Kopf schlagen. Das wäre das Ende, klar.« Julias Augen weiteten sich vor Entsetzen, und sie heulte plötzlich auf wie ein Tier, das gerade verletzt worden ist.

»Aber warum schreist du denn so, Julia? Ich liebe dich doch, mein Schatz.« Er hatte genug davon, sich durchs Wasser vorzukämpfen, und so machte er kehrt.

»Gehn wir vom Wasserfall weg?«

»Ja. Es war herrlich, nicht?«

»Sehr schön«, sagte sie.

Er wurde zunehmend sorgloser, da die Strömung langsamer floß, und die Folge war, daß er sich verrechnete und sein Fuß zwischen zwei Steinen ausrutschte. Das warf ihn aus dem Gleichgewicht, und er fiel hin. Er blieb unverletzt, aber Julias Hinterkopf war auf einen Stein aufgeschlagen und begann heftig zu bluten. Er kam auf die Beine und trug sie zum Ufer zurück. Sie war sich nicht sicher, ob sie nicht sterben mußte, und herzte ihn desto inniger. Er zog sie hinter sich her, stieg schnell den Hügel hinauf und eilte durch das Wäldchen zu der Stelle hin, wo Inez und Alfredo noch immer saßen.

»Es wird alles wieder gut, nicht?« fragte sie ihn mit kraftlos klingender Stimme.

»Die verdammten Steine da waren schlüpfrig«, grollte er. Er war mißmutig und wollte nur noch nach Hause.

»Ach du meine Güte!« jammerte Inez, als sie sah, was

passiert war. »Was für ein trauriger Abschluß für einen Spaziergang! Julia passieren immer furchtbare Dinge. Sie ist ein Unglücksmensch. Ein Glück nur, daß ich genau das Gegenteil bin.«

Señor Ramirez hatte es so eilig, die Picknickstelle zu verlassen, daß er sich nicht einmal damit abgeben wollte, die von ihm mitgebrachten Körbe und Teller wieder einzusammeln. Sie zogen sich an, und er trieb sie schreiend an, sie sollten alle ins Auto steigen. Julia wickelte sich einen Schal um ihren blutenden Kopf. Inez ging herum und griff sich wie rasend die herumliegenden Sachen.

»Kann ich das haben?« fragte sie ihren Gastgeber. Er nickte ungeduldig mit dem Kopf. Julia weinte mittlerweile rhythmisch wie ein Baby, das kurz vor dem Einschlafen ist.

Die zwei Frauen saßen zusammengedrängt auf dem Rücksitz des Autos. Inez erklärte Julia, daß sie die Teller und Körbe an ihre Familie verschenken wollte. Auch sie vergoß ein paar Tränen. Als sie am Bordell hielten, überreichte Señor Ramirez Inez von seinem Platz aus einige Geldscheine.

»Adiós«, sagte er. Die beiden Frauen stiegen aus und blieben auf der Straße stehen.

»Werden Sie wiederkommen?« fragte Julia ihn zärtlich und hörte einen Augenblick lang auf zu weinen.

»Ja, ich komme wieder«, sagte er. *»Adiós.«* Er drückte den Fuß aufs Gaspedal und fuhr davon.

Die Bar war voll mit Männern. Inez führte Julia durch den Patio zurück auf ihr Zimmer. Nachdem sie die Tür geschlossen hatte, ließ sie die Geldscheine in ihre Tasche gleiten und stellte die Körbe auf den Boden.

»Möchtest du was von diesen Körben?« fragte sie.

Julia saß auf der Bettkante und stierte ins Leere. »Nein, danke«, sagte sie. Inez schaute sie an und sah, daß sie abwesend war.

»Señor Ramirez hat mir vier Trinkbecher aus Plastik gegeben«, sagte Inez. »Möchtest du einen für dich?«

Julia antwortete nicht sofort darauf. Dann sagte sie: »Kommt er zurück?«

»Ich weiß nicht«, sagte Inez. »Ich gehe ins Kino. Ich werde danach bei dir vorbeischauen, bevor ich in die Bar gehe.«

»Ist gut«, sagte Julia. Aber Inez wußte, daß es ihr egal war. Sie zuckte die Achseln, ging hinaus und machte die Tür hinter sich zu.

Ein streitendes Paar

Die beiden Marionetten sind Schwestern, Anfang fünfzig. Die Bühne des Puppentheaters sollte durch eine Stange oder eine Schnur in der Mitte unterteilt sein, um zwei Zimmer anzudeuten. Auf jeder Seite links und rechts der Trennungslinie sitzt eine Puppe. Ist es nicht möglich, sie sitzen zu lassen, dann müssen sie stehen. Harriet, die Ältere, sieht robuster aus und trägt hellere Farben.

HARRIET *die Stärkere* Hoffentlich denkst du allmählich an unsere Milch.

RHODA *nach einer Pause* Nein, tu ich nicht.

HARRIET Was ist bloß los mit dir?Du wirst doch nicht etwa eine Heimsuchung von unserem Toten haben?

RHODA Ich habe in diesem Winter keine Heimsuchungen, ich bin sogar zu müde, um unseren Toten zu lieben. Überhaupt, mich ekelt's vor der Welt.

HARRIET Kümmere dich nur um deine Angelegenheiten. Ich kümmere mich um meinen Kram, und *ich* denke an unsere Milch.

RHODA Ich bin es so leid, traurig zu sein. Ich wäre gern anders.

HARRIET Du hast zuwenig Freude an deinem Zimmer. Wie kommt das?

RHODA Weil ich eben in Gedanken immer bei der Welt bin und bei denen, die darin leiden.

HARRIET Das ist nicht normal. Du bist sowieso nicht wendig genug, um da draußen von irgendwelchem Nutzen zu sein.

RHODA Wenn ich jung wäre, würde ich den Kranken helfen. Aus Kultur würde ich mir nichts machen, selbst wenn ich jung wäre.

HARRIET Dir fehlt halt jedes Talent für ein schönes Zuhause. Darin steckt jedenfalls etwas ungemein Befriedigendes.

RHODA Mein Herz ist zu groß, um ein schönes Zuhause zu haben.

HARRIET Nein. Es liegt daran, daß du nicht unabhängig bist. Wäre ich nicht bei dir, hättest du gar keine Muße, dir Sorgen zu machen. Du bist völlig verloren, wenn ich nicht da bin. Du hast nicht mal den Elan, dir Sorgen über das Draußen zu machen, wenn ich nicht da bin. Nicht, als ob das dem Draußen was ausmacht! *Sie rümpft verächtlich die Nase.*

RHODA Du hast recht. Aber ich schwör dir, ich hab ein großes Herz.

HARRIET Mir ist aufgegangen, daß das, was im Menschen drin ist, nicht so interessant ist. Man kann mit einem großen Herzen reichlich Unzufriedenheit um sich verbreiten und mit einem kleinen Herzen reichlich Harmonie. Vergleich mal deine Behausung mit meinem Raum. Und mein Herz ist klein wie das von Papa.

RHODA Es wird mir ganz eiskalt, wenn du sagst, dein Herz sei klein. Aber du liebst mich doch, oder?

HARRIET Du bist schließlich meine Schwester.

RHODA Geschwisterliebe ist eine der wenigen Wohltaten in diesem Leben.

HARRIET Jetzt reicht's aber mit dem Übertreiben. Ich könnte dir ganz andere Dinge aufzählen.

RHODA Vermutlich ist es etwas Schlechtes, Liebe aus einem kleinen Herzen herauspressen zu wollen. Vermutlich ist das eine Sünde. Vermutlich hat Gott die kleinen Herzen dazu bestimmt, sich mit anderem zu beschäftigen.

HARRIET Möglich. Trinken wir unsere Milch in meinem Zimmer. Dort sitzt es sich viel angenehmer. Unter anderem, weil ich eine ordentlichere Frau bin als du.

RHODA Auch wenn du nur ein kleines Herz hast, wünschte ich mir, daß es nur dich und mich auf der Welt gäbe. Ich hätte dann nie das Gefühl, ich müßte unter die Leute gehen.

HARRIET Wenn ich dir doch nur meine Anlage zum Zufriedensein in einer Schachtel überreichen könnte. Es wäre herrlich, wenn du wie ich wärst. Wir könnten dann unsere Milch in jedem Zimmer trinken. Einen Tag in deinem Zimmer, den anderen in meinem.

RHODA Ich bin überzeugt, das ist genau das, was nie passiert.

HARRIET Bei Millionen Familien passiert das, an sieben Tagen in der Woche. Ich gehöre zu denjenigen, die in der Mehrheit sind.

RHODA Nie, nie, nie...

HARRIET *Sehr bestimmt* Es passiert bei Millionen Familien.

RHODA Nie, nie, nie!

HARRIET *erhebt sich* Wirst du mir zuhören, wenn ich dir sage, dies passiert bei Millionen Familien? Oder muß ich erst in Rage geraten?

RHODA Das ist doch schon der Fall. HARRIET *verläßt das Zimmer hastig und in Wut.* RHODA *geht zum Glockenspiel und singt*

Mein Pferd, das war zu Stein erstarrt
Vor langer, langer Zeit.
Erstarrt bei einem Blumenbeet
Im Wintersonnenschein.
Vielleicht auch war es Nachtzeit.
Vielleicht auch war es nie.

Mein Pferd jagt querfeldein
Vor Abend manchen Tag
Wie Erde schwarz und voller Kraft
In heller Flucht hin zum Gehölz.
Und schon seh ich's nicht mehr.

HARRIET *hinter der Bühne* Da bin ich mit deiner Milch, und hoffentlich ist mit der Aufregung für heute Schluß. *Kommt herein mit zwei kleinen weißen Gläsern* Warum nur bringe ich die Milch einer Person, die verbissen versucht, mir das Leben zur Hölle zu machen?

RHODA *klatscht erregt die Hände zusammen* Ja, warum nur? Warum? Warum? Was für ein abscheuliches Rätsel!

HARRIET Du tust gern so, als wäre alles ein Rätsel. Du glaubst, auf diese Art wäre man intellektuell. Es gibt kein Rätsel. Ich halte mich ganz einfach an meinen Teil der Abmachung.

RHODA Ach, Abmachungen, Abmachungen, Abmachungen!

HARRIET Laß mich gefälligst zu Ende reden, du Nervensäge! Ich versuche dir zu erklären, daß ich mich entsprechend der Form verhalte, die mir mitgegeben worden ist. Ich weiß nun mal die Form zu schätzen, in die ich gegossen bin, und weder Himmel noch Erde werden mich dazu bringen, sie zu zertrümmern. Deine Überempfindlichkeit läßt mich kalt. Hier ist deine Milch.

Sie betritt auf RHODAS *Seite die Bühne und reicht ihr die Milch, doch* RHODA *schlägt mit geballter Faust gegen den Boden des Glases und schleudert es in hohem Bogen aus* HARRIETS *Hand.* HARRIET *versetzt ihr einen furchtbaren Schlag ins Gesicht und eilt zurück in ihr Zimmer. Einen Augenblick lang herrscht Schweigen. Dann verbirgt* HARRIET *das Gesicht in den Händen und weint.* RHODA *verläßt die Bühne, und* HARRIET *geht zum Glockenspiel und singt.*

HARRIET *singt*

Mir träumte, ich kletterte auf steiler Klippe,
Die Schwesterhand in meiner.
Mein Haus im Tale suchte ich,
Doch Felder sah ich nur, besonnt
Und Kirchentürme glänzen.
Ich suchte, bis das Herz mir kalt –
Doch Felder sah ich nur, besonnt
Und Kirchentürme glänzen.
Ein Mädchen lief den Hang hinab
Mit Glockenblumenhut.
Ich rief: Wie heißt dies Mädchen bloß?
Doch Wind und Regen hört' ich nur
Und Kirchenglocken schlagen.
Ich fragte, bis der Mund mir kalt –
Doch wachte auf und wußte nicht
War's meiner Schwester Name
Oder war's mein eigener.

HARRIET Rhoda?

RHODA Was willst du?

HARRIET Geh weg, wenn du willst.

RHODA Der Augenblick ist noch nicht gekommen, und er wird heute auch nicht kommen, denn der Tag ist zu Ende und der Abend da. Gott sei Dank!

HARRIET Ich weiß, ich würde eine schreckliche Krankheit kriegen und daran sterben, wenn ich denken müßte, meine Art zu leben sei nicht richtig. Es würde mir das Herz brechen.

RHODA Du lebst aber doch richtig, mein Liebes. Also grüble nicht. *Pause* Ich hole jetzt deine Milch.

HARRIET Ich gehe auch. Aber trinken wir sie hier, weil's hier *wirklich* viel angenehmer ist. Ja? *Sie stehen auf* Was bin ich froh, daß es Abend ist! Ich bin völlig mit den Nerven runter. *Sie verlassen die Bühne.*

Ein grüner Lutscher

Die Lehmgrube war an der Flanke eines langgestreckten Hügels ausgehoben worden. Wenn Mary sich gegen den niederen Teil der Grubenwand zurücklehnte, konnte sie über sich die gewundene Straße mit den vorbeirasenden Autos sehen. Auf der anderen Seite der Straße stieg der Hügel weiter an, aber in einem steileren Winkel. Neigte sie den Kopf noch weiter zurück, konnte sie gerade noch das quadratische Haus auf der Hügelkuppe mit der Flucht von Steintreppen sehen, die von der Vordertür hinunter zum Bordstein führten und den steil abfallenden Rasen in zwei Hälften teilten.

Schon seit langem spielte sie in der Lehmgrube. Wie viele andere Kinder stellte sie sich gern vor, an der Spitze eines Regiments zu stehen; jedoch machte sie nie bei irgendwelchen Spielen in der Nachbarschaft mit, da sie es vorzog, ganz für sich allein in der Grube zu spielen, die etwa anderthalb Kilometer vom Stadtrand entfernt lag. Sie war ein penibel sauberes Kind mit einem energischen, unbewegten Gesicht und langen wohlgeordneten Locken. Wenn sie gegen Abend heimging, hatte sie manchmal Lehmspuren auf ihrem dunklen Mantel, selbst wenn sie ihn sorgfältig mit einer Bürste bearbeitet hatte, die sie nachmittags immer bei sich trug. Sie verachtete Unordentlichkeit und hatte Angst, daß der Lehm ihre Kommandozentrale verraten könnte; sie verdächtigte die anderen Kinder, in die Kuhle eindringen zu wollen.

Eines Nachmittags stolperte sie und fiel auf den Lehmboden hin, der von einem frischen Regenguß noch naß und glitschig war. Sie versäumte es nie, die Grube vor der Dämmerung zu verlassen, doch diesmal beschloß sie abzuwarten, bis es dunkel war, damit ihr verschmutzter Mantel weniger auffiele. Wohlweislich unterließ sie es, dem nassen Lehm mit der Bürste zu Leibe zu rücken.

Da sie die Grube sonst immer früher verlassen hatte, spürte sie, daß sie ihren Soldaten eine Erklärung schuldete; einfach zu verkünden, sie sei hingefallen, war ausgeschlossen. Sie wußte, daß die Männer ihr vertrauten und darum gutgläubig jeden Grund akzeptierten, den sie ihnen für diese abrupte Änderung ihres Routinealltags nennen würde; sich selbst zu überzeugen war hingegen eine viel schwierigere Aufgabe. Sie sagte ihnen nie etwas, woran sie nicht selbst wirklich glaubte. Nachdem sie sich einige Minuten konzentriert hatte, rief sie die Soldaten mit dem Signalhorn zusammen.

»Männer«, begann sie, sobald die Mannschaft in Habachtstellung angetreten war, »ich bleibe heute eine Stunde länger als sonst, damit ich an den Schneeziegenmanövern arbeiten kann. Was Schneeziegenkampf ist, habe ich letzte Woche erklärt, aber ich wiederhole es noch einmal. Es ist eine besondere Vorgehensweise, derer man sich in einem Gebirge mit hohen Bergzacken bedient. Den Schneeziegenkampf kann keine Maschine übernehmen. Wir werden uns spezialisieren.« Sie machte eine Pause. »Auch wenn ich dableibe, wünsche ich, daß ihr jetzt ganz normal mit euren Entspannungsübungen beginnt, wie sonst auch, wenn ich gehe. Ich nehme eure sportliche Betätigung sehr ernst, und ich weiß, daß ihr genauso hart kämpft, wie ihr spielt.

Sie entließ sie und ging zu ihrer eigenen Kommandozentrale im tiefsten Teil der Grube. Gegen Ende des Tages nahm der Lehm eine tiefrote Farbe an, die sich, nachdem die Sonne hinter dem Hügel untergegangen war, sofort wieder verlor. Sie fröstelte und fühlte sich etwas unwohl. Sie hatte sich so daran gewöhnt, ihre Männer jeden Tag zur selben Stunde allein zu lassen, kurz bevor sie sich in die Turnhalle drängten, daß sie sich jetzt, wo sie länger blieb, wie ein Störenfried vorkam.

Es war schon beinah Nacht, als sie aus der Grube kletterte. Sie schaute zu dem Haus auf der Bergkuppe hinauf und ging dann zu der tiefergelegenen, verlassenen Landstraße hinunter. Als sie den Stadtrand erreichte, entschied sie sich für die dunkelsten Straßen, damit der Mantel weniger Aufsehen erregte. Sie haßte die dicken Lehmklumpen, die sich in der Wolle eingenistet hatten; aber stärker noch litt sie an dem Gefühl einer inneren Schlampigkeit als Folge der unerwarteten Änderung in ihrer Tagesroutine. Sie ging langsam, mit schlurfenden Schritten, ihr Gesicht zeigte den Ausdruck eines Menschen, der bis zum Überdruß gegessen hat. Hinter ihrer zunehmend lethargischen Stimmung lauerten bange Ahnungen; sie wußte, daß sie ausgeschimpft werden würde, weil sie erst nach Anbruch der Dunkelheit nach Hause kam, aber nie würde sie die Möglichkeit einer Bestrafung oder die Angst davor zugeben. In diesem Lebensabschnitt vervollkommnete sie rasch einen seelischen Mechanismus, der es ihr ermöglichte, für lange Zeitspannen die Existenz ihrer Eltern zu vergessen.

Sie traf ihren Vater im Flur, er hängte gerade seinen Mantel auf einen Haken. Ihr Mut sank, als sich der Vater umdrehte, um sie zu begrüßen. Wie absichtslos nahm er sofort die Lehmklumpen wahr, sein schweifender Blick fixierte einen Gegenstand nie offen.

»Du hast schon wieder in der Grube unterhalb des Speed-Hauses gespielt«, sagte er. »Ich will, daß du von jetzt ab auf dem Kinsey Memorial spielst.« Da dies alles zu sein schien, was er zu sagen hatte, wollte sie davonstürzen, doch er fuhr im selben Augenblick fort. »Eines Tages mußt du vielleicht in einer Stadt wohnen, wo die Behörde überhaupt nichts für Kinder vorgesehen hat. Oder höchstens einen winzigen Platz mit ein paar Schaukelchen. Ein ganz schöner Batzen Geld geht jedes Jahr für den Spielplatz hier drauf. Und ihr habt Schaukeln, Wippen und Reckstangen.« Er blickte verstohlen auf ihren Mantel. »Morgen«, sagte er, »fahre ich auf dem Weg zu Sam an der Grube da vorbei. Ich halte am Straßenrand und schau runter. Daß du mir ja mit den anderen Kindern drüben auf dem Memorial-Spielplatz bist.«

Mary beschleunigte immer ihre Schritte, wenn sie am Spielplatz vorbeiging. Dieser Ort, wo sich das Schreien von Dutzenden von Kindern mit dem hohen, quietschenden Geräusch der hin und her schwingenden Schaukeln vermischte, war ihr seit jeher instinktiv verhaßt. Er war das genaue Gegenstück zu ihrer Lehmgrube mit den genau geordneten Kasernen darin.

Als sie zu Bett ging, war sie so aufgeregt und durcheinander, daß sie nicht schlafen konnte. Es war das erste Mal, daß die Bemerkungen ihres Vaters sie nicht gedemütigt hatten oder schlecht vorkommen ließen. Am nächsten Tag machte sie sich nach der Schule zur Grube auf. Als sie den langgestreckten Hügel hinaufstieg (sie näherte sich ihren Kasernen immer von der unteren Landstraße her), verlangsamte sie ihren Schritt und blieb stehen. Urplötzlich packte sie die Angst, daß die Soldaten, wenn sie ihr ins Auge sahen, die Existenz ihres Vaters erraten könnten.

Für jeden von ihnen war sie einer der ihren – ein Mann ohne Familie. Nach einer Weile setzte sie den Aufstieg fort. Als sie den Grubenrand erreicht hatte, stellte sie die Füße nebeneinander und sprang hinein.

»Männer«, begann sie, sobald sie das Signalhorn geblasen und einige routinemäßige Mitteilungen gemacht hatte, »ich weiß, daß ihr kräftige Beinmuskeln habt. Aber wie würde es euch gefallen, noch kräftigere zu bekommen?« Es war eine rhetorische Frage, auf die sie keine Antwort erwartete. »Ab jetzt stehen jeden Tag zwei Stunden Hürdenlauf und Wettrennen auf dem Plan.«

Auch wenn sie dunkel ahnte, daß dieses gesteigerte Lauftraining als Vorbereitung für eine unmittelbar bevorstehende Schlacht auf dem Memorial-Spielplatz diente, wagte sie es nicht, das mit ihren Männern zu besprechen oder selbst allzulange in Gedanken dabei zu verweilen. Sie mußte es vermeiden, direkt mit dem Unmöglichen konfrontiert zu werden.

»Wie wir alle wissen«, fuhr sie fort, »mögen wir keine konkurrierenden Mannschaften, da wir auf dem Schlachtfeld soviel gemeinsam durchgemacht haben. Ich werde euch jeden Tag vor den Wettläufen neu einteilen, damit zum Beispiel diejenigen, die heute Rivalen sind, morgen in derselben Mannschaft laufen. Die Männer in unserer Einheit haben kein gutes Gefühl dabei, wenn sie Partei gegeneinander ergreifen sollen, selbst wenn es nur Spiel und Sport ist. Andere Truppenteile in diesem Land empfinden das nicht so wie wir.«

Sie vergrub die Hände in den Taschen und ließ den Kopf hängen. Sie fühlte sich jetzt gut und ziemlich siegessicher. Sie konnte spüren, wie die Männer in Liebe zu ihr brannten und voller Stolz auf ihr Regiment waren. Sie schaute nach oben – ein Auto nahm die Kurve, und als es näher kam, erkannte sie das Auto ihres Vaters.

»Männer«, sagte sie entschieden, »ihr könnt für eine halbe Stunde tun, was ihr wollt, während ich den Plan für das Rennen und die Mannschaftsaufstellung festlege.« Sie starrte unentwegt auf die dunkelblaue Limousine und wartete äußerlich völlig gelassen, daß ihr Vater das Tempo verminderte; sie stand auch noch wartend da, als der Wagen schon außer Sichtweite war. Als sie merkte, daß der Vater weg war, hielt sie den Atem an. Sie glaubte, daß ihr Herz vor Freude hüpfen würde, aber es blieb ganz ruhig.

»Jetzt werde ich zu meiner Kommandozentrale gehen«, verkündete sie lustlos. »Ich bin mit der Mannschaftsaufstellung in fünfundzwanzig Minuten zurück.« Sie schaute nach oben zu der Autostraße; sie fühlte sich seltsam enttäuscht und unbehaglich. Eine kleine Gestalt stieg die Steinstufen jenseits der Straße hinab. Es war ein Junge. Sie beoachtete ihn mit Verwunderung; sie hatte noch nie zuvor jemanden diese Treppe herunterkommen sehen. Seit die Autostraße die alte Landstraße ersetzt hatte, benutzte die Familie, die in dem Haus auf dem Hügel lebte, nur noch die Hintertür.

Während sie den Jungen beobachtete, wurde sie sich immer sicherer, daß er auf dem Weg zur Grube war. Er trat vom Bordstein herunter, nachdem er vorsichtig wegen der Autos in beide Richtungen geschaut hatte; dann überquerte er die Straße und kletterte den Hügel hinunter. Genau wie sie es erwartet hatte, setzte er sich, nachdem er den Grubenrand erreicht hatte, auf den Boden und rutschte hinein, wobei er sich seinen Mantel – der dunkel wie ihr eigener war – mit Lehm verschmierte.

»Das ist eine große Lehmgrube«, sagte er und schaute zu ihr hoch. Er war jünger als sie, aber er sah ihr direkt in die Augen, ohne eine Spur von Schüchternheit. Sie wußte, daß er fremd in der Stadt war; sie hatte ihn noch nie zuvor gesehen. Das machte ihn weniger hassenswert, dennoch mußte sie ihn schnell loswerden, da die Männer sie mit der Mannschaftsaufstellung zurückerwarteten.

»Woher kommst du?« fragte sie ihn.

»Von drinnen aus dem Haus da.« Er zeigte auf die Hügelkuppe.

»Wo wohnst du, wenn du nicht auf Besuch bist?«

»Ich wohne drinnen in dem Haus da«, wiederholte er und setzte sich auf den Grund der Lehmgrube.

»Setz dich auf die Apfelsinenkiste«, befahl sie ihm streng. »Du paßt überhaupt nicht auf deinen Mantel auf.«

Er schüttelte den Kopf. Sie ärgerte sich über ihn, weil er unordentlich war und sie angelogen hatte. Sie wußte ganz genau, daß er bloß auf Besuch in dem Haus auf dem Hügel war.

»Warum bist du aus dieser Tür gekommen?« fragte sie und sah ihn durchdringend an. »Die Leute in dem Haus gehen auf der Rückseite raus. Dort ist es eben, und sie haben eine Auffahrt.«

»Ich weiß nicht warum«, antwortete er schlicht.

»Woher kommst du?« fragte sie wieder.

»Das da ist mein Haus.« Er zeigte darauf, als fragte sie ihn zum ersten Mal. »In der Auffahrt auf der Hinterseite ist Kies. Ich hab eine ganze Schachtel voll damit in meinem Zimmer. Ich kann's runterbringen.«

»Hier kommt mir kein Kies rein, der einem Lügner gehört«, unterbrach sie ihn. »Sag mir, woher du kommst, und dann kannst du ihn holen.«

Er stand auf. »Ich wohne in dem großen Haus da oben«, sagte er ruhig. »Von meinem Zimmer aus kann ich den Fluß sehen, die Straße dort unten und die Straße hier oben und diese Grube und dich.«

»Das ist nicht dein Zimmer!« schrie sie wütend. »Du bist auf Besuch dort. Ich war letztes Jahr bei meiner Tante zu Besuch.«

»Wiedersehn.«

Er kletterte aus der Grube. Sobald er draußen war, drehte er sich um und blickte auf sie herunter. Ein Ausdruck von Befriedigung lag auf seinem Gesicht.

»Ich bringe den Kies bald mal«, sagte er.

Sie blickte ihm nach, wie er die Straße überquerte. Unwillkürlich kletterte sie dann selbst aus der Grube.

Sie stieg die ermüdenden Steinstufen hinter ihm her. Ihr Mund war fest zusammengepreßt und ihr Gesicht bleich vor Wut. Er hatte sich nicht einmal umgedreht, um sie anzusehen. Als sie fast oben war, ging ihr durch den Kopf, daß er ins Haus stürzen und die Tür vor ihrer Nase zuknallen würde. Hastig nahm sie drei Stufen auf einmal, um direkt hinter ihm zu sein. Als er die Tür öffnete, drängte sie mit ihm über die Schwelle; er schien sie überhaupt nicht zu bemerken. In dem schwach erleuchteten Flur roch es aufdringlich nach frischer Farbe. Nach einigen Sekunden gewöhnten sich ihre Augen an das Licht und sie sah, daß der viereckige Raum vollgepackt war mit Möbeln. Der Junge bahnte sich bereits seinen Weg zwischen zwei gleich aussehenden Kommoden, die mit dem Rücken zueinander standen. Der Raum zwischen den beiden war so schmal, daß sie Angst hatte, sie könnte ihm nicht folgen. Sie schaute sich panisch nach einem breiteren Durchgang um, da sie aber keinen anderen entdecken konnte, zwängte sie sich zwischen den Kommoden hindurch, wobei ihr Körper schmerzhaft gequetscht wurde, bis sie am anderen Ende einen freien Platz erreichte. Hier war das Zimmer weniger vollgestopft – drei Sessel waren rund um eine freie Stelle zusammengeschoben worden, die drei Leuten gerade genug Platz für die Beine ließ – vorausgesetzt, sie hatten nichts dagegen, eingeklemmt zu sein. Links führte eine Tür in die völlige Dunkelheit. Sie vermutete, der Junge würde sich in einem letzten Versuch, ihr zu entkommen, kopfüber aus dem Raum in das Dunkel stürzen, aber zu ihrem Erstaunen schlängelte er sich vorsichtig in die entgegengesetzte Richtung, bis er die Sesselrunde erreichte. Er betrat den Kreis und setzte sich in einen Sessel. Nachdem sie einen Augenblick gezögert hatte, folgte sie seinem Beispiel.

Der Sessel war tiefer und weicher als alle, in denen sie je gesessen hatte. Sie berührte den dicken Samt auf den Armlehnen leicht mit den Fingerspitzen. Hier und da streiften sie über eine Stelle, wo der Flor abgewetzt war. Der Farbgeruch tat ihren Augen weh, und sie begann sich zu ängstigen. Sie hatte gar nicht daran gedacht, daß wahrscheinlich Erwachsene in dem Haus waren, aber jetzt starrte sie beunruhigt durch die offene Tür ihr gegenüber in den schwarzen Raum. Es war kühl in dem Flur, und trotz ihres Wollmantels begann sie zu frösteln.

›Wenn er mir jetzt sagen würde, woher er kommt‹, sagte sie sich, ›dann könnte ich weggehen, noch bevor jemand kommt.‹ Ihre Wut hatte sich gelegt, doch konnte sie sich nicht dazu bringen, laut zu sprechen oder sich auch nur zur Seite zu wenden und ihn anzusehen. Er saß so still da, daß es ihr schwerfiel zu glauben, daß er tatsächlich neben ihr auf seinem Sessel saß.

Der dunkle Raum ihr gegenüber erhellte sich ohne Vorwarnung. Der Mut verließ sie, als sie auf eine grüne Wand starrte, auf der die frische Farbe noch glänzte. Sie schmerzte in den Augen. Eine Frau trat ins Helle, ihre Absätze klapperten auf den Dielen. Sie trug ein Kattunkleid und darüber eine lange, braune Strickjacke, die offensichtlich einem Mann gehörte.

»Bist du da, Franklin?« rief sie, kam in den Flur und knipste ein zweites Licht an. Sie blieb stehen und schaute ihn an.

»Ich dachte doch, daß ich dich hab reinkommen hören«, sagte sie. Ihr Stimme klang lustlos, und die Art und Weise, wie sie dastand, flößte Mary keinen Respekt ein. »Zu Besuch bei Franklin?« fragte sie, als habe sie plötzlich bemerkt, daß ihr Sohn nicht allein war. »Ich glaub, ich setz mich ein bißchen dazu.« Sie kam näher. Am Kreis angelangt, zwängte sie sich hinein und setzte sich Mary gegenüber.

»Ich habe gehofft, daß wir, solange wir hier sind, hin und wieder mal Besuch kriegen«, sagte sie zu ihr. »Darum habe ich diese kleine Sitzgruppe arrangiert. Der Rest der Zimmer wird gerade gestrichen oder riecht noch zu sehr, als daß man drin zusammensitzen könnte. Letztes Mal, als wir hier waren, haben wir ganze zwei Wochen niemand gesehen. Aber da war er noch klein. Ich dachte, vielleicht lernt er diesmal jemand kennen, wenn er rausgeht. Er ist tagsüber die meiste Zeit draußen.« Sie warf ihrem Sohn einen Blick zu. »Du hast da Dreck auf dem Stuhl«, bemerkte sie in einem Ton, der nicht den geringsten Tadel ausdrückte. Sie wandte sich wieder an Mary. »Ich hätte lieber ein Mädchen als einen Jungen«, sagte sie. »Es gibt nicht allzuviel, was ich mit einem Jungen bereden könnte.

Eine erwachsene Frau ist nicht an denselben Dingen interessiert wie ein Junge.« Sie kratzte sich unterhalb der Schulterblätter. »Ich hab nun mal eine Vorliebe für das Reden über Einrichtungen. Immer schon gehabt. Ich mag das lieber, als über Moden zu sprechen. Wenn der Besuch über Moden reden will, tu ich's, aber es macht mir nicht annähernd soviel Spaß. Das einzige, was mich beim Einrichten kalt läßt, sind Vorhänge. Ich war nie an Vorhängen interessiert, auch nicht als ich jung war. Lampen ja, die mag ich am liebsten. Du auch?«

Mary drückte sich so weit wie möglich in ihren Sessel, doch selbst so, ohne daß sie die Beine hochzog und in den Schneidersitz ging, war es ausgeschlossen, eine körperliche Berührung mit der Frau zu vermeiden, deren Knie jedesmal die ihren streiften, wenn sie sich ein wenig auf dem Sessel bewegte. Auch innerlich schreckte Mary vor ihr zurück. Sie war noch nie zuvor derart persönlich von einem Erwachsenen angesprochen worden. Sie schloß die Augen und suchte die dunkle Kluft, die ihre Welt immer von der der Erwachsenen getrennt hatte. Und sie umklammerte das Polster, als hätte sie Angst, vom Sessel weggerissen zu werden.

»Wir sind vor sechs Jahren hierhergekommen«, fuhr die Frau fort, »als die Speeds ihr Haus streichen ließen, und jetzt lassen sie es wieder streichen, drum sind wir wieder hier. Sie können so lange nicht hier sein, bis das Haus in Ordnung und trocken ist, sie haben nämlich beide Probleme mit der Nase – beide, der alte Mann und die alte Lady – aber wir sind nicht verwandt. Nur durch Heirat. Ich bin irgendwie verwandt mit ihnen, aber nicht so nah, um wirklich als Verwandte zu gelten. Jedenfalls gerade so, daß sie es lieber haben, wenn ich komme und auf das Haus aufpasse und nicht irgendein Fremder. Letztes Mal haben sie mir ein Geldgeschenk gemacht, aber diesmal werden es Kleider für den Jungen sein. An Jungenkleidung ist wirklich nichts dran. Völlig uninteressant.«

Sie seufzte und schaute sich um.

»Jedenfalls wär's uns nicht unlieb«, sagte sie, »wenn die uns häufiger hierher bitten würden. Unsere Stadt ist ein Stück kleiner als die hier, ein ganzes Stück, aber man kann dort dasselbe Zeug kriegen wie hier, wenn man das nötige Geld hat. Ich meine Lebensmittel, Bekleidung, Geräte und so weiter. Wir haben das alles. Sobald die Wände trokken sind, fahren wir zurück. Franklin will nicht. Er mag sein Zuhause nicht, weil er da in einem Appartement lebt; es ist in der Geschäftsgegend. Er hockt viel daheim und geht nicht raus und lernt überhaupt niemand kennen.«

Das Licht drang durch Marys geschlossene Lider. Aus dem Sessel neben ihr war keine Regung zu hören. Sie öffnete die Augen und schaute nach unten. Seine Beine waren übereinandergeschlagen und die Füße völlig still.

»Franklin«, sagte die Frau, »hol etwas Süßes für mich und das Mädchen.«

Als er weg war, wandte sie sich an Mary. »Er ist kein so ruppiger Junge wie die anderen«, sagte sie. »Ich weiß nicht, was ich tun würde, wenn er einer von der richtigen Sorte wäre, mit allem, was dazugehört. Er hat was von einem Mädchen an sich, Gott sei Dank. Mit einem richtigen Kerl könnte ich gar nicht umgehen.«

Er kam aus dem frischgestrichenen Zimmer mit einer Dose in der Hand.

»Wir bewahren unsere Süßigkeiten in Teedosen auf. Die Dosen reichen für Jahre«, sagte die Frau. »Die Sachen halten sich gut.« Sie zuckte mit den Achseln. »Was kann man mehr erwarten? So ist das Leben.« Sie wandte sich an ihren Sohn. »Mach auf und gib sie zuerst dem Mädchen. Danach mir.«

Die orangefarbene Dose war mit sitzenden Damen und Tempeln verziert. Mary erkannte sie wieder; ihre Mutter verwendete zu Hause denselben Tee. Der Junge streifte die beiden Gummibänder ab, die den Deckel festhielten, und bot ihr die offene Dose an. Mit steifen Fingern nahm sie einen grünen Lutscher, der oben lag; sie blickte nicht auf.

Einige Minuten später rannte sie allein die Steinstufen hinunter. Es war beinah Nacht, aber der Himmel am Horizont leicht grün. Sie überquerte die Straße und blieb nur wenige Schritte von der Grube entfernt auf dem Hügel stehen. Weit unter ihr im polnischen Viertel glitzerten die Lichter. Die Baracken standen dort dicht nebeneinander auf einem schmalen Streifen Land zwischen der unteren Straße und dem Fluß.

Nachdem sie eine Weile auf die funkelnden Lichter geblickt hatte, ging ihr Atem leichter. Sie hatte nie zuvor das Bedürfnis verspürt, sich Dinge aus der Distanz anzusehen, und auch nicht die Erleichterung erlebt, die das bringen konnte. Mit einem Mal kam ihr die Luft, die ihr um den Kopf wehte, herrlich vor; sie atmete sie in kräftigen Zügen ein, die Augen hielt sie auf die Lichter unter ihr gerichtet.

›Das ist nicht die gewöhnliche Luft von hier oben, die ich jetzt atme‹, sagte sie sich. ›Das ist die Luft von dort unten. Das ist ein Trick, den ich kann.‹

Sie fühlte einen prickelnden Reiz, wie immer, wenn sie einen Sieg verbuchen konnte, und sie brauchte mehrere davon im Verlauf eines Tages. Diesmal trug sie den Sieg über die ältere Frau davon.

Am darauffolgenden Nachmittag konnte ihre Mutter sie nicht davon abbringen, nach draußen zu gehen, obwohl es stark regnete, aber sie hatte versprochen, ihre Kapuze zugeknöpft zu lassen und nicht auf dem Boden zu sitzen.

Über die Steinstufen floß das Wasser. Sie setzte sich hin und schaute in den sie einhüllenden Nebel, in den Augen hatte sie einen wilden Glanz. In der Tiefe ihrer Regenmanteltaschen zuckten nervös ihre Finger. Es war unglaublich, daß sie nicht jeden Augenblick auf etwas Wundervolles und Neues stoßen sollten, unglaublich auch, daß er nicht von ihrer Liebe zu ihm wissen sollte. Bestimmt wußte er, daß sie ihn die ganze Zeit, während seine Mutter sprach, insgeheim für sich beanspruchte. Er würde bald herauskommen und zu ihr auf die Treppe kommen, und sie würden zusammen weggehen.

Stunden später stand sie, steif vor Kälte, auf. Selbst wenn er den Tag über am Fenster geblieben war, konnte er sie durch den dichten Nebel unmöglich gesehen haben. Das war ihr klar, aber sie würde niemals die Treppe hinaufsteigen können, um ihn zu holen; das war unmöglich. Sie rannte ungestüm die Steinstufen hinunter und über die Straße. Als sie die Grube erreichte, hielt sie an und blieb nach Atem ringend mit den Füßen im weichen, matschigen Lehm stehen.

»Männer«, sagte sie nach einer Minute, »Männer, ich habe euch gesagt, daß wir uns spezialisieren werden.« Sie hielt plötzlich inne, aber es war zu spät. Sie hatte zum ersten Mal in ihrem Leben zu den Männern gesprochen, ohne sie vorher mit dem Signalhorn zusammenzurufen und bei Fuß stehen zu lassen. Sie war erschrocken, und ihr Herz schlug hart gegen die Rippen, aber sie fuhr fort: »Wir werden die einzige Einheit auf der Welt sein, die wirklich den Schneeziegenkampf beherrscht.« Sie schloß die Augen und suchte wieder die dunkle Kluft; diesmal mußte sie den Herzschlag der Männer unbedingt deutlicher hören als den eigenen. Auf der Straße hupte ein Auto. Sie schaute nach oben.

»Wir können die Steintreppen dort nicht erklettern.« Sie schrie und zeigte auf das Haus. »Keine Einheit kann das, keine Einheit wird es je...« Sie war verzweifelt. »Das ist nichts für Einheiten. Es ist eine Treppenflucht, das ist nichts für Einheiten... weil es... weil...« Es fiel ihr kein Grund ein. Sie hatte nun angefangen zu betrügen, und sie wußte, er würde ihr nie einfallen.

Sie wandte ihr kaltes Gesicht von der Grube ab und schlich, ohne ihre Männer zu entlassen, den Hügel hinunter.

Lesen Sie weiter:
Wagenbachs *andere* Taschenbücher

JANE BOWLES   ZWEI SEHR ERNSTHAFTE DAMEN

Roman

Was zwei exzentrischen Damen passiert, wenn sie vom ordentlichen Weg abkommen und ihren verborgenen Wünschen und Begierden nachgehen.

»Mein Lieblingsbuch.« *Tennessee Williams*

»Jane Bowles, eine amüsiert genaue Beobachterin von Personen und Milieus, ist ganz ohne Zweifel eine Meisterin des Skurrilen.«
Kyra Stromberg, Süddeutsche Zeitung

Aus dem Amerikanischen von Adelheid Dormagen
WAT 431. 176 Seiten

NATALIA GINZBURG   EIN MANN UND EINE FRAU

Zwei Erzählungen

Zwei Geschichten von Frauen und Männern, die in einer Welt von Beziehungen leben, in der das Unterste zuoberst gekehrt wurde.

Aus dem Italienischen von Arianna Giachi,
neu durchgesehen von Maja Pflug
WAT 369. 128 Seiten

DACIA MARAINI   ZEIT DES UNBEHAGENS

Roman

Kühl und genau, in beinahe Ginzburgscher Trockenheit folgt Dacia Maraini dem Weg einer jungen Frau, die langsam beginnt, ihr Leben selbst in die Hand zu nehmen.

Aus dem Italienischen von Heinz Riedt
WAT 375. 192 Seiten